KB039307

해머링 맨

해머링 맨

신희 장편소설

자음과모음

차례

인디고,
몸을 누이고 울다

인디고는 빌딩숲 사거리에서 신호등에 푸른 불이 켜지기를 기다리고 있었다. 새로 출시된 냉장고에 대한 소비자들의 반응을 조사하려고 근처에 있는 백화점 두 군데와 전자상가를 둘러본 뒤 회사로 돌아가는 길이었다. 그러한 시장조사 업무는 생각보다 꽤 시간이 걸렸고, 그는 조금 맥이 빠져 있었다. 이젠 다 왔다. 푸른 불이 켜지면. 막 오후 네 시가 지났다. 그는 핸들을 부여잡은 채 신호등 너머에 있는 푸르른 빌딩을 바라보았다. 외벽을 유리로 장식한, 엄청난 키를 자랑하는 그 빌딩에서 그는 십삼 년째 근무하고 있었다. 그것은 어제와 다름없이 엷게 번진 잿빛 하늘에 차가운 빛을 뿌리며 서 있었다. S선의 우아하고 기품 있는 몸매로 여전히 행인들의 관심을 끌고 있기도 했다. 가던 길을 멈추고 그 빌딩 꼭대기를 올려다보고 있는 행인 두엇이 그의 눈에 띄었다. 그 뒤를 따르던 행인 몇몇도 함께 올려다보고, 또 올려다보고. 하지만 매끈한 금속기둥과 유리벽의 번쩍거림은 그들의 눈길을 빠르게 끌어당기는 만큼 잽싸게 튕겨내고 있었다.

하긴, 이 거리의 모든 빌딩이 엇비슷하면서도 독특하고, 화려하면서도 어지러운 외관을 지니고 있었다. 그 빌딩들은 특히 햇빛 속에서라면, 관객의 시선을 사로잡지 못해 안달 난 패션모델들이 약간 과장된 포즈를 취하는 모습을 연상시켰다. 몸을 날려 튀어 오르는 잉어처럼 그녀들의 걸음걸이는 팔팔했고, 어깨는 맵시 있게 여위었다. 파란 햇살에 부딪친 그 몸들이 눈부시게 빛났고, 장신구를 갖춘 그 몸에선 잘강대는 소리가 끊이지 않았다. 그럴 때면, 그는 특별히 초대되기라도 한 것처럼 우쭐해졌다. 특히 운전을 하며 지나갈 때가 그랬다. 어딘지 인위적인 얼굴에 생기 발랄한 표정을 띠고 차창 밖으로 살몃살몃 지나가는 그녀들을 굳이 외면하고 싶지 않았다. 오히려 쭉 뺀은 몸매와 두 다리 아래로 구두 소리가 또각또각 들리기라도 하면, 그녀들이 자신을 지나치게 의식하고 있는 게 아닐까, 하는 생각이 스치기도 했다. 그는 그녀들이 자신을 유혹하고 있다는 생각에 곧잘 젖어들었다. 봐요, 이리로 와요. 내 품에 안겨요. 내가 당신을 행복하게 해줄게요. 그녀들이 이리 오라고 손짓을 하고 있었다. 한쪽 다리를 앞으로 내민 채 상반신과 허리를 비틀고 백설 같은 두 팔을 흔들었다. 그는 가슴이 두근거렸다. 그녀들의 진한 화장품과 강렬한 향수 냄새 때문에 약간 현기증이 나긴 했지만, 뭐 어떠랴, 그는 그 냄새까지 포함해서 도시에 배어 있는 모든 부주의한 냄새를 즐기는 편이었다. 거부할 수 없다면 차라리 즐겨라. 그는 그런 식으로 체념 뒤에 오는 뜻밖의 쾌락을 일찌감치 발견했을 뿐만 아니라, 그러한 자신을 담담하게 수긍했다. 바람결에 실려 오는, 남자라면 감히 흉내 낼 수 없는 나른하고 꿈결 같은 그녀들의 귀엣말이 이 거리가 주는 축복 중의 하나가 아닐까, 여겨지기까지 했다. 기묘하고 수상쩍은 제스처로 다가와 자신의 귀에다 행복에의 약속을 속삭이고야 마는 그녀들의 음성을 들을 때면, 그는 반드시 차의 속도를 줄였다. 이 거리는 그에게 일종의 달콤한 유혹이었다.

하지만 지금은 그 또각거리는 구두 소리와 행복을 약속하는 그녀들의 음성에 귀를 기울이는 대신, 바이올린을 켜는 사람을 바라보았다. 머리에 잔뜩 흐린 하늘을 이고, 거리에서, 오후 네 시가 조금 지난 시간에, 거인이 연주를 하고 있었다. 남자인지 여자인지는 몰랐다. 푸르른 빌딩 옆, 한 블록의 모서리를 잘라낸 듯한 공간이 거인의 자리였다. 거인은 정말 타이탄처럼 컸다. 피부는 검었다. 선율은 들리지 않았다. 바이올린을 켜는 연주자는 소리 없는 음악을 거리의 모든 것들에게 선사하고 있었다. 그는 들리지 않는 바이올린 선율을 듣기 위해 자신의 귀가 예민해지고 있음을 느꼈다. 그는 운전 중이었고, 신호등에 푸른 불이 켜지기를 기다리면서 들리지 않는 선율에 귀를 기울였다. 거리의 곳곳을 눈여겨보았다. 누구도 음악 소리를 듣는 사람은 없었다. 그것은 지나가는 행인의 얼굴만 봐도 알 수 있었다. 열심히 활갯짓을 하는 양팔과는 달리 표정이 없고 멍한 얼굴들. 그들의 두터운 외투에서 퀴퀴한 나프탈렌 냄새가 풍겨오는 듯했다. 그들은 혹독한 겨울을 견디려면 무엇이 필요하고 어떻게 해야 하는지를 알고 있는 듯 무겁고 칙칙한 외투로 몸을 꽁꽁 감쌌다. 하지만 완전하게 노출시킨 그들의 얼굴에선 아무것도 읽을 수 없었다. 그는 시큰둥한 기분이 되어 고개를 앞쪽으로 돌려버렸다. 그러고는 다시 거인에게 눈길을 보냈다. 거인은 아직도 손에 활을 들고 있었다. 흐린 하늘 저편을 향해 활을 천천히 올리고 또 올렸다. 활이 높이 솟아오르자 활 끝에 걸려 있는 어둔 하늘이 살며시 물러났다. 활은 어쩐지 깊은 슬픔의 정서를 담고 있는 듯했다. 자신이 켜는 음악의 절정을 향해 달려가고 있을지도 모를 그 거인 연주자는, 이 거리에서 몹시 고독해 보였다. 그는 생각했다. 높다랗게 흐느끼는 긴 선율의 떨림 속에 자신의 슬픔을 감추어놓고 있다는 걸 알아보는 사람이 아무도 없기 때문일까? 이제 연주자의 활이 서서히 내려가기 시작했다. 아직 신호등엔 푸른 불이 들어오지 않았다. 차들이 빽빽이 서 있거나 우회하고 있는 빌딩숲 사거리에서, 그는 먼 시선으로 다시 거인의 연주를 들었다. 거인은 손을 뻗으면 만져질 듯 가까이 있었다. 무심코 거인을 향해 두 팔을 뻗었는데, 손에 닿는 건 아무것도 없었다. 허공에 어색하게 떠 있는 두 팔을 어찌하면 좋을지 몰랐다. 그사이 하늘엔 구름이 낮게 깔렸고, 그는 거리를 두리번거렸다. 거리의 모든 것이 모호했다. 건물도, 사람들도, 자신도, 나무들도.

이봐요, 당신 지금 제정신이에요?

어떤 사내의 날 선 목소리를 들은 건 그가 마음을 푹 놓고 연주를 보기 위해 핸들을 잡고 있던 양손을 아예 무릎 위에다 놓으려 할 때였다. 몽롱한 꿈에서 깨어나듯 정신이 들었다. 사내의 목소리는 지나치게 거칠고 무뚝뚝하고 공격적이었다. 뒤에서 빵빵 울려대는 경적 소리에 그는 귀가 아팠다. 어느새 푸른 신호등이었다. 빨간 불에서 푸른 불로 바뀌면 재빨리 페달을 밟아야 한다는 걸 그는 잘 알았다. 하지만 마땅히 그래야만 한다는 사실이 지금 이 시간만큼은 비극적으로 느껴졌다. 자신의 차를 피해 성급하게 차선을 바꾸고 지나가면서 항의하고 손가락질하는 사람들이 눈에 들어왔다. 미안하군요. 정말 미안해요. 그는 고개를 까딱이며 굼뜨게 말했다. 음악 소리는 끊겼다. 그는 무슨 큰일이라도 난 듯 계속해서 신경질적으로 울려대는 경적 소리 때문에 방금 들린 음악이 무자비하게 깨졌다는 사실에 경악했다. 그는 그들에게 묻고 싶었다. 그런데, 저기 좀 보세요. 음악 소리가 들리지 않았나요? 저기 저 고독한 거인의 음악 소리가 들리지 않았나요?

신호등은 다시 빨간 불로 바뀌었다. 그사이 다른 차들이 화풀이를 해대며 차선을 바꾸곤 제 갈 길을 갔지만, 그의 차는 한 바퀴도 굴러가지 못했다. 그는 다시금 주위의 차가운 시선들을 외면한 채 자신이 근무하는 빌딩으로 눈길을 돌렸다. 신호등에 다시 푸른 불이 켜질 때까지 별다른 할 일이 없어 무심히 바라볼 뿐이었다. 그곳에 정박해 있는 그 빌딩은 가만히 보니, 어제와는 달랐다. 그것은 그저 무난한 형체를 띠었다. 멀리서 보면, 특히 연푸른 햇살이 부챗살처럼 펴져서 내릴 때면, 하나의 거대한 조각처럼 또렷하게 솟아 있던 빌딩이었다. 그러고는 졸병들을 호령하는 듯한 단단한 어투로 네가 어떤 목표를 가졌든지 다 이루도록 해줄게, 하면서 즐거움과 축복의 메시지를 건네주던 빌딩이었다. 하지만 가까이에서 눈여겨본 지금의 빌딩은 빛공해에 지쳤다는 듯 희미하게 한발 물러서 있었다. 그것은 창백한 잿빛 건물이었다. 그것은 피할 수 없는 운명처럼, 그의 눈앞에 서 있었다. 그는 의아한 눈빛으로 쳐다보다가 별안간 놀라움에 휩싸인 듯 입을 딱 벌렸다. 어, 저게 뭐지?

그때 빠앙, 하는 소리가 그의 귓속을 파고들었다. 내게 무슨 용

무라도 있는 건가? 생각하면서 소리가 났던 쪽으로 고개를 돌렸다. 바로 옆에서 마흔 살을 훌쩍 넘은 듯한, 주먹코에 얼굴이 통통한 남자가 차창 밖으로 고개를 비죽이 내밀었다. 그를 바라보는 남자의 얼굴에 근심 어린 표정이 묻어났다. 그도 버튼을 눌러 차창을 내렸다.

실례지만, 좀 전에 무슨 일이 있었어요? 혹시 몸이 불편하세요? 좀 전에 저 뒤에서 보고 있었는데, 아까 푸른 불이 켜졌을 때 당신 차가 출발하지 않아서 말이죠.

그는 잠시 머뭇대다 남자가 방금 그런 것처럼 자신의 목소리가 상대에게 잘 전달되도록 큰 목소리를 냈다.

아뇨. 제 건강은 멀쩡해요. 고맙군요. 그런데…… 굳이 말씀드리자면, 저는 음악을 듣고 있었어요.

그는 쭈뼛거리다 손가락으로 거대한 연주자를 가리키며 호소하는 어투로 말을 이었다.

저기 좀 보세요. 바이올린 소리가 들리지 않았나요? 저기 저 고독한 연주자의 음악 소리가 들리지 않았나요?

바이올린 소리요? 아, 혹시 저기 저 까만 조형물을 말씀하시는 거예요? 그렇다면, 하하, 그건 당신이 잘못 본 거예요. 저 사람, 망치질하고 있잖아요.

망치질이요?

그래요. 높이가…… 아마 이십이 미터라죠? 저 사람은 삼 톤이 넘는 팔을 움직여 일 분마다 일 회씩 위아래로 쉼 없이 망치질을 하고 있는 거예요. 제 기억이 틀리지 않다면 말이죠. 아, 그러고 보니 얼핏 보면 저 사람, 바이올린을 켜고 있는 것 같아 보이기도 하네요. 왼손에 무엇을 잡고 있는데, 꼭 바이올린 끝머리를 잡고 있는 듯도 하고요. 하지만 망치질을 하는 겁니다. 해머링 맨이라고요.

아, 그렇군요. 해머링 맨.

그는 가볍게 두 손바닥을 맞부딪치곤 고개를 끄덕였다.

조나단 보롭스키라는 작가의 작품이라죠.

남자의 목소리에 자신감이 실렸다.

맞아요, 전 세계에 열한 개 작품이 전시되어 있다죠.

인디고가 진지한 얼굴로 대꾸했다. 남자의 눈이 휘둥그레졌다.

아, 잘 아시네요!

네. 사실, 저도…… 잘 알고 있어요.

그래요? 그런데 좀 전에 당신은 바이올린 켜는 사람이라고 했잖아요.

물론 그랬죠.

아, 이런. 도대체 알 수 없군요. 그러면 혹시 당신은 망치질하는 사람을 바이올린 켜는 사람이었으면 좋겠다는 생각을 한 거예요? 게다가 바이올린 소리까지 들었다고 했지요. 망치질하는 거대한 노동자 앞에서.

네. 뭐 그랬죠.

그는 남자가 말한 '거대한 노동자'란 말에 시무룩한 표정을 지었다. 그 노동자에 비해 자신의 체구는 한없이 왜소했다. 정말 망치질하는 사람은 위풍당당하게 서 있는 빌딩만큼이나 엄청난 크기로 주위를 압도하고 있었다. 그가 말했다.

그런데, 저 사람은 하루 스물네 시간 망치질을 하는 건가요?

글쎄요, 그럴 것도 같은데요?

그럼, 그다음 날도 스물네 시간 망치질을 하겠군요.

그러게요. 뭐 그렇겠네요.

남자가 커다란 양손을 손바닥이 보이게 펼치고는 딱 벌어진 어깨를 으쓱했다.

그러니까, 그에겐 휴식이 없다는 거로군요.

그는 갑자기 좋은 비타민을 먹고 싶다는 생각에 사로잡혔다. 하지만 비타민에 대한 상식이 전혀 없었다. 좋은 비타민이란 어떤 비타민을 말하는 걸까, 궁금했지만 스마트폰의 인터넷 창으로 들어가 굳이 확인하고 싶지는 않았다. 불티나게 팔릴 줄 알았던 신형 냉장고의 한 달 매출액이 기대치보다 턱없이 저조한 이유로 회사가 발칵 뒤집혔고, 그래서 어젯밤 비상대책회의로 네 시간이 넘도록 진을 뺐다는 사실, 그리고 부장의 우는 듯한 목소리가 불현듯 귀에서 쟁쟁거렸기 때문이다. 부장은 회의 시작 전에 큰 불행을 만난 사람이 그렇듯 암울한 표정을 바꾸지 않으며 덜덜거리는 목소리로 거듭 말했다. 대책부터 세웁시다, 대책부터. 먼저 일하고 쉬세요. 그게 순서예요.

그새 신호등은 노란 불로 바뀌었다.

제 생각엔 말이죠.

남자가 이번엔 어깨를 차창 쪽으로 바투 밀고는 그의 얼굴을 더 면밀히 보려는 듯 고개를 요리조리 움직여댔다. 남자는 그와 시선을 맞추는 데 공을 들였다. 좀 전에 보았던 근심 어린 표정에서 자신의 목소리가 잘 들리지 않을까 걱정하는 듯한 남자의 표정을 그는 아무 뜻 없이 바라보았다.

그러니까 말이죠, 당신이 틀렸어요. 당신은 바이올린 선율이 아니라 불규칙한 파열음을 들어야 했다고요. 텅텅텅텅 퉁텅. 망치질하는 소리 말이죠.

남자는 보란 듯이 큼지막한 양손을 높직하게 쳐들고는 망치질하는 흉내를 냈다. 그리고는 신호등을 보더니 어깨를 흠칫 떨며 목소리 톤을 높였다.

아, 푸른 불이에요! 자, 갑시다. 쳇, 얼추 보면 동작이 비슷하다 치더라도, 해머링 맨을 바이올린 연주자로 착각하다니. 도로에선 정신을 똑바로 차려야 해요, 똑바로!

쌩, 하고 흰색 승용차가 급출발했다. 눈 깜짝할 사이에 저만치 앞서가는 남자의 승용차를 그는 얼빠진 표정으로 바라보았다. 남자의 승용차와 백 미터 달리기 선수가 그의 머릿속에서 겹쳐졌다. 총소리가 나자마자 무섭도록 옹골차게 뛰어나가는. 그는 그 장면을 볼 때마다 그렇게 빨리 뛰어서 대체 뭐하려고 그러는 걸까 궁금했지만, 귓구멍이 터질 것 같은 환호성 속에서 그 궁금증은 이내 잊혀지곤 했다. 남자의 둥글고 납작한 흰색 승용차가 눈앞에서 아스라이 멀어져갔다. 뒤쪽에서 차들이 경적을 요란하게 울려댔다. 그는 중얼거렸다. 그건 나도 정확하게 설명할 수 없네요. 내가 왜 해머링 맨을 바이올린 연주자로 착각했던 걸까요? 매일 만나는 해머링 맨인데⋯⋯. 으으, 나도 이해가 잘 안 가는군요. 맙소사.

그도 가속페달을 밟았다. 이대로 직진하면 삼십 초 만에 만나게 되어 있는, 자신이 하루 열 시간 이상 근무하는 잿빛 빌딩의 주차장으로 들어갈까 말까 망설이다 핸들을 꺾었다. 그는 쉼 없이 망치질하고 있는 사람을 끼고 폭이 좁은 도로로 들어섰다. 그러고는 바로 보이는 이십사 시간 편의점 앞에 차를 세웠다. 무슨 볼일이 있어서는 아니었다. 좋은 비타민이 계속 머릿속을 맴돌았지만 그건 편의점에선 구할 수 없는 것이었다. 무의식중에 핑계를 찾고 있다는 생각이 얼핏 스쳐 지나갔다. 그는 예기치 못한 몽몽

함으로 도로를 정체시켰다는 걸 새삼스레 깨닫고는 뒤늦게 당황했다. 일단 차를 세우고, 자신에게 무슨 일이 일어났는지를 되짚어보고 싶었다. 그 역시 그런 사람들, 어떤 이유든지 혼잡한 도로에서 적잖은 폐를 끼치는 몰상식하고 몰지각한 운전자들에 대해 곱지 않은 시선을 갖고 있었다. 그랬는데, 그런 몰지각한 운전자가 그 누구도 아닌 자신이라는 사실이 쉽게 믿어지지 않았다. 그는 잠시 차분해지고 싶었다. 좋은 비타민이 다시금 그의 머릿속을 스쳐 지나갔다. 그저 조용히 쉬고 싶었다. 그러기 위해선 혼자만의 공간이 필요했는데, 그런대로 호젓하달 수 있는 이 골목길의 차 안은 훌륭한 쉼터일 수 있었다.

그는 차창 밖을 바라보았다. 작달막하고 몸집이 다부진 양복쟁이 남자 하나가 신문을 뒤적거리며 잰걸음으로 도로를 건너고 있었다. 남자는 오십대 중반쯤으로 보였다. 길을 다 건널 때 남자가 손으로 입을 가리곤 어깨를 들썩이며 기침을 했다. 그는 신문을 뒤적뒤적하면서도 바쁜 듯 걷는 양복쟁이 남자에게서 시선을 떼지 않았다. 남자가 막 건너편 빌딩 속으로 들어갔을 때, 그는 남자가 신문에서 찾는 게 무엇일지 궁금해졌다. 그때 조간신문을 사서 운전석 옆자리에 던져둔 것이 생각났다. 오늘 저녁 무시무시한 바람이 분대, 하면서 잔뜩 옹그린 아내의 어깨가 떠올라 회사 앞 가판대에서 차를 세우고 샀던 신문이었다. 인디고는 옆자리를 바라보았다. 그러고는 반듯하게 접혀진 신문을 들어 핸들에다 받쳐놓고 한 손으로 고정시킨 뒤 굵다랗고 검은 활자로 장식된 헤드라인을 맨숭맨숭한 표정으로 읽었다. 하지만 거기까지였다. 무심결에 차체 오른쪽에 붙어 있는 백미러를 흘끗 보았는데, 분홍색의 깜찍한 외투를 입고 역시 분홍색 유치원 가방을 어깨에 멘 여자아이가 백미러 속으로 양팔을 나풀대며 걸어오고 있었다.

그는 애틋한 시선으로 그 여자아이를 바라보다가 오른쪽 무릎을 탁 쳤다. 참, 오늘 저녁 약속이 있었지! 그리고 그린과 바이올렛 부부가 집으로 초대한 저녁 약속을 잊지 않으려고 같은 말을 암기하듯 중얼거렸다. 오늘 저녁, 오늘 저녁, 오늘, 오늘, 오늘 저녁. 그것은 즐거운 중얼거림이었다. 백미러 속에선 장면이 바뀌고 있었다. 여자아이가 갑자기 걸음을 멈추고 그대로 서 있다가 마법의 요정처럼 휙 돌아서더니 엄마를 향해 까치걸음으로 걸어갔다. 아이의 엄마는 단아한 브라운색 투피스 차림에 함초롬히 머리를 묶고 있었다. 이제 백미러 안에는 두 사람이 들어 있었다. 그 두 사람 뒤에 길게 늘어선 차들과 그 차들 보닛 위에 쌓인 노랗게 마른 낙엽들, 그리고 시원한 배 맛이 나는 늦가을의 햇살이 가로수들 사이로 쏟아져 내렸다. 이제 곧 겨울이 닥치겠지, 하고 그는 생각했다. 봄이 지나면 여름이 오고, 여름이 지나면 가을이 오고, 어째서 바람은 불고 또 어째서 겨울이 오는 것인지 불현듯 이해할 수 없었다. 때아니게 사춘기 소녀처럼 감상적인 기분에 빠져 있다는 걸 알면서도 그런 대로 내버려두고 싶었다. 그는 아무도 동승하지 않아 완벽하게 혼자가 된 지금의 처지가 왠지 허전하면서도 좀더 지속되기를 바랐다. 근무시간에 차를 갓길에 염치없이 세워놓고 멍하니 생각에 잠겨 있었던 적이 언제였던가. 사무실은 어제와 다름없이 정신 사납게 돌아가고 있겠지. 텅텅텅텅 퉁텅. 차 뒤에서 남자인지, 여자인지 모를 거대한 노동자가 망치질하는 소리가 들린 것 같았다. 그 소리는 자신이 회사 동료들로부터 알 수 없는 이유로 버림받고 돌이킬 수 없이 먼 곳에 와 있는 낙오자가 된 것 같은 느낌을 불러일으켰다. 엄마에게 안겼던 아이는 이제 앙증맞은 양팔을 팔랑거리며 가재걸음으로 걷고 있었다. 아이의 엄마는 아이와 시선을 맞추며 조용하고 다소곳하게 걸어왔다. 느리고도 규칙적인 발걸음이었다. 그녀의 그 발걸음이 그의 시선을 끌었다. 저 여인은 저런 걸음걸이로 어디로 흘러가는 걸까, 궁금했지만 계속해서 그 궁금증에 매달려 있을 수 없었다. 그녀의 걸음걸이가 어딘지 낯설지 않아서였다. 아, 그래, 바이올렛! 어쩌면 저렇게 바이올렛의 걸음걸이와 똑같지? 옅은 미소를 짓고 주먹을 꼭 쥔 채 느리고도 규칙적인 보폭으로 백미러 속으로 미끄러지듯 걸어오는 여인을 보면서, 그는 바이올렛을 떠올렸다. 바이올렛은 오랜 친구, 그린의 아내였다. 바이올렛을 떠올리자 오늘 저녁엔 그린의 집에서 조촐한 모임이 있다는 것, 바이올렛이 손수 만든 랍스터 요리를 먹을 수 있다는 것, 그리고 이상하리만큼 시선을 돌릴 수 없게 만드는 바이올렛의 걸음걸이를 볼 수 있다는 생각으로 마음이 따뜻하게 부풀어 올랐다. 백미러 속에서 여인이 그 특유의 걸음으로 그에게 가까이 다가왔다. 아니, 다가오고 있는 여인은 바이올렛이었다. 그의 시선이 꼭 오므린 여인의 양손에 가닿았다. 그래, 그건 바이올렛의 주먹 쥔 손이기도 했다. 그는 자신도 모르게 바이올렛, 바이올린, 바이올렛, 바이올린, 하며 노래를 불렀다. 그러고는 바이올렛의 꼭 오므린 손엔 설명할 수 없는 어떤 것이 서려 있지, 하며 마음속으로 음미하듯 중얼거렸다.

그걸 고귀함이라 불러도 좋을까? 아니면 고고함? 그래, 바이올렛이 서빙을 하느라 왔다 갔다 할 때, 소파에 앉아 쉬고 있을 때, 창밖을 가만히 바라볼 때, 아무튼 일하고 있는 손을 제외하고는 언제나 손을 꼬옥 오므리고 있다는 걸, 난 알고 있지. 어느 날은, 그러니까 그때가 언제였더라. 그렇지, 작년 이맘때였지. 그린의 집에서 저녁식사를 했을 때였어. 그녀가 머리를 약간 기우뚱한 채 주먹 쥔 한 손은 허리춤에다 얹고, 또 한 손은 연한 겨자색 헝겊 끈으로 동여매어 더없이 동그래진 머리 위에 올려놓고서 창밖을 바라보고 있었지. 그러한 그녀의 옆모습을, 나는 사진처럼 또

렷하게 기억해. 그녀는 자신만의 생각에 골몰히 빠져 있는 듯했어. 내 시선은 유독 새까만 머리에 가만히 올려놓은 그녀의 주먹 쥔 손에서 떠날 줄 몰랐지. 그 손이 뭐라고 말을 하고 있기 때문이었어. 날 가만히 내버려두세요. 내 머릿속은 나의 생각과 추억만으로도 꽉 차 있고, 마음은 감정의 포화상태가 되어 더 이상 그 무엇도 받아들일 수 없으니까요. 그녀의 손은 그렇게 일종의 경고 또는 항의를 하는 듯했어. 그녀는 아마도 사람들과 섞여 있는 걸 힘들어하는지도 몰라. 나는 말하고 싶었어. 바이올렛 씨, 우리를 초대해줘서 고마워요. 아시다시피 저와 그린과 블루는 고교 동창으로 흉허물없는 친구 사이죠. 그렇더라도 바이올렛 씨가 여러모로 신경이 많이 쓰였을 텐데, 잠깐이라도 방에 들어가서 쉬지 않겠어요? 우리들 걱정은 하지 말고요. 하지만 나는 말하지 못했지. 머리 위에 올려놓은 그녀의 주먹 쥔 손이 나를 방해하지 마세요, 라고 말하고 있기 때문이었어. 심지어 그 손은 우리들뿐만 아니라 세상의 모든 사람들로부터 거리를 두고 싶다고 말하는 듯해서, 난 그녀를 그냥 내버려뒀지. 뭐 어때서? 그런 사람이 바이올렛이라면, 그게 무슨 문제라고. 그녀의 걸음걸이도 그렇지만 그녀의 꼭 오므린 손이라면 언제나 내겐 매혹적으로 느껴질 뿐이야. 누군가는 그게 뭐 별거냐고 물을 수 있지만, 아냐, 그렇지 않아. 그녀의 두 손 안엔 고귀한 무엇이 가득 차 있을 것만 같거든. 그는 그렇게 중얼거리고는 고개를 기울여 다시 백미러를 들여다보았다. 거울 속의 거리는 텅 비어 있었다. 조금 전에 본 여자아이와 엄마가 거울 밖으로 빠져나가 어느 곳으로 흘러갔는지 궁금했지만 두리번거리지는 않았다. 그는 다가올 미래에 자신과 함께했던 사람들이 이쪽 삶에서 저쪽 삶으로 건너가려 할 때 붙잡아보아야 아무 소용이 없다는 걸 잘 알고 있었다. 그는 중얼거렸다. 아무 꾸밈이 없는 그 동그란 머리, 그리고 그 위에 놓인 바이올렛의 주먹 쥔 손. 대체 그 손 안에 들어 있는 것이 무엇일까. 고귀한 그것, 그래서 침범하고 싶지 않은 그것, 그것이 대체 무엇일까.

그는 한 손으로 핸들에 받쳐 놓아두었던 신문을 무릎 위에다 내려놓고 차의 시동을 걸었다. 그대로 골목을 빙 돌아 나오니 다시 대로였다. 거리에 사람들이 다시 나타났다. 그들이 다시 활갯짓을 하며 걸어다녔다. 익숙한 풍경이었고, 역시 사람들의 얼굴엔 표정이 없었다. 무표정하다 못해 어딘지 넋이 빠져나간 듯한 얼굴이었다. 잿빛 빌딩도 그 자리에 그대로 서 있고, 거대한 노동자 역시 묵묵히 제 할 일을 했다. 손동작이 아주 조심스럽고 신중한 걸로 보아 한 번이라도 실수하지 않으려는 것 같았다. 그는 지하주차장으로 내려가지 않고 빌딩 앞에 있는 야외주차장으로 향했다. 웬일인지 야외주차장은 한산했다. 적당한 곳에 차를 밀어 넣고 시동을 껐다. 하차할 땐 무릎 위에 놓인 신문을 집어 드는 것도 잊지 않았다.

그는 회전문 앞에 섰다. 그의 얼굴에 평온하고 기분 좋은 표정이 떠올랐다. 자동 회전문 안으로 들어갈 때면, 습관처럼 밝은 미래에 대한 확신으로 깃털처럼 가벼워지는 기분을 느끼곤 했다. 조금 전에 느꼈던 낙오자가 된 것 같은 기분도 보다 안정된 직장과 편안한 생활을 영위하려는 당연한 욕망, 그리고 그것을 성취할 수 있는 길로 들어선 이 시대의 행운아만 누릴 수 있는 특권이 아닐까, 생각했다. 그는 잔뜩 당당한 미소를 지어도 좋을 것 같다. 언제든, 어디서든 경쟁은 피할 수 없는 삶의 조건이었다. 그 경쟁의 관문들을 날렵하게 통과해온 덕에 모양새가 제법 괜찮은 마흔 살이 되었다고 믿었다. 그는 그 기분을 다시금 만끽해보고 싶은 충동에 사로잡혔다. 원통을 사등분한 공간 안으로 날렵하게 몸을 밀어 넣자마자 미끄러져 들어갈 때의 그 가벼운 기분이란! 그는 흰 드레스셔츠 깃 아래로 다소 헐렁해진 연보라색 줄무늬 넥타이의 매듭을 바로잡았다. 그리고 코앞의 유리벽을 양 손바닥 전체로 미는 시늉을 했다.

그때, 그의 머릿속에 떠오른 건 냉장고였다. 더 정확히 말하면 냉장고 문이었다. 그와 함께 냉장고 문을 열 때 끈적이며 내는 착, 소리가 들려왔다. 냉장고에서 쏟아져 나오는 찬 기운 같은 것이 그의 몸을 덮치는 것도 같았다. 돌연 재채기가 튀어나왔다. 그는 별일 아니라는 투로 어깨를 으쓱하곤 손가락으로 자신의 콧등을 톡 쳤다. 회전문이 서서히 돌아갔다. 어젯밤 비상대책회의 때 거듭 말했던 부장의 우는 듯한 목소리가 다시 들려왔다. 먼저 일하고 쉬세요. 그게 순서예요. 아니, 그 목소리는 어쩌면 아내인 옐로의 목소리인지도 몰랐다. 이른 아침, 옐로는 엄마에게 인형을 사달라고 조르는 아이처럼 큰 덩치에 어울리지 않게 코맹맹이 소리를 내며 거듭 징얼거렸다. 이참에 저 구식 냉장고 갖다 버리고 새로 출시된 냉장고로 바꾸면 어떨까? 집에 있는 냉장고는 아직 쓸 만한 것이었다. 또다시 재채기가 튀어나오려는지 콧구멍이 근지러웠다. 그는 오른쪽 바지주머니에서 손수건을 꺼낸다는 것이 그만 왼쪽 바지주머니에서 휴대폰을 꺼내 들고 말았다. 그는 어이가 없다는 표정을 지었지만, 그 휴대폰은 그로 하여금 누군가의 전화번호를 누르고 싶은 충동을 불러일으켰다. 그것은 아내의 번호였다. 그는 묻고 싶었다. 여보, 냉장고 안에서라면 어느 식품군이 가장 오래 선도를 유지할 수 있을까. 혹시 알고 있어? 하지만 그런 걸 묻는다는 건 바보 같은 짓이었다. 그것은 쓸데없는 잡생각 따위에 불과했으므로 그런 일이 일어날 가능성이 전혀 없다는 걸 그는 잘 알았다.

회전문이 쉼 없이, 느리게 돌아갔다. 그도 따라 돌았다. 그는 아침에 통로에서 공지 게시판에 붙어 있는 해고자 명단에 자신의 이름이 없는 걸 알고는 미친 듯이 기뻤다. 자축하고 싶은 마음이 들었고, 당장이라도 세레머니 비슷한 걸 하고 싶었지만 꾹 참았다. 게시판 앞에는 여러 사람이 마치 죽은 사람을 애도하듯 무겁고 침울한 얼굴로 서 있었다. 해고자 명단에 자신의 이름이 있든 없든, 그들 모두는 침통한 얼굴을 하고 있었다. 그는 속으로는 기뻐서 날뛰면서도, 그들처럼, 그들이 자아내는 분위기에 맞추어 어둡고 무거운 표정을 얼굴에 담았다. 하지만 닫힌 입 사이로 기어코 비집고 새나오는 휘파람 소리는 막을 수 없었다. 얼결에 튀어나왔던 참새 혓바닥만큼 짤막한 소리.

여보세요, 왜 계속 돌고 있죠? 무슨 문제라도 있어요?

어디선가 쨍쨍한 목소리가 들려와 그의 귀가 번쩍 뜨였다. 그는 소리 나는 쪽으로 고개를 돌렸다. 풍채가 듬직하고 나이 지긋한 경비원이 하늘색 팔을 흔들어댔다. 그는 아직도 둥근 회전문 안에 갇혀 있다는 걸 알고는 깜짝 놀랐다. 이 회전문을 몇 번이나 돌았는지 궁금했지만, 회전문 밖으로 빠져나가는 일이 시급했다. 하지만 너무 놀라고 당황한 탓에 회전문 밖으로 빠져나갈 수 있는 리듬감각을 되찾을 수 없었다. 회전문은 밖으로 빠져나갈 수 있는 틈을 끊임없이 만들어내기 바쁘게 바로바로 지우고 있었다. 회전문은 리듬감각을 상실한 그에게는 꼼짝없이 갇힐 수밖에 없는 폐쇄공간이었다. 그는 회전문을 따라 순순히 복종하는 마음으로 걸어갔지만, 그것은 그에게 나갈 수 있는 틈을 허락하지 않았다. 마침내 치명적인 함정에 걸려든 것 같은 기분에 사로잡힌 그는 겁먹은 표정을 지었다. 알지도 못하는 누군가가 자신을 노리기에는 그는 자신이 지나치게 평범한 사람이라고 믿고 있었다. 하지만 함정이란 게 꼭 특별한 사람만을 위해 도사리고 있는 것은 아니었다. 어쩐지 회전문이 불길하게 느껴졌다. 어쨌거나 이젠 스스로 잽싸게 틈을 노릴 수밖에 없었다. 그는 이때다, 싶었을 때 날쌔게 몸을 놀렸다. 하지만 조급하고 불안한 마음에 스텝이 엉켜서 또다시 타이밍을 놓쳐버렸다. 이젠 아예 회전문의 원호 공간에 갇혀버렸다. 이 빌딩에서 근무했던 십삼 년 동안 어떻게, 어떤 방법으로 이 회전문을 통과할 수 있었을까, 새삼 놀라웠다. 균형을 잃고 허둥대는 두 다리를 내려다보았다. 입에서 푸념인지 불만인지 모를 말들이 쏟아져 나왔다. 평소라면 깃털처럼 가벼운 몸으로 통과했던 회전문이었잖아. 친근함마저 느껴졌던 회전문이었잖아. 그런데 오늘의 이 회전문은 왜 평소와는 다른 회전문으로 변해서는 날 힘겹게 하는 걸까. 그는 계속 걸어갔지만 매번 원위치로 돌아오고야 마는 자신의 꼬락서니가 한심스럽다 못해 구슬프기까지 했다.

누구에게든 도움을 청하고 싶었다. 하지만 회전문 안에서 그는 혼자였다. 안내데스크 앞에서 허리춤에 가스총을 폼 나게 차고 있는 하늘색 제복의 경비원마저도 양손을 허리띠 안에 찌른 채 누군가와 이야기를 나누고 있었다. 그는 별수 없이 돌고 또 돌았다. 빙빙 돌아 어지러운 탓인지 눈앞의 사물들이 부유스름하게 떠 있었다. 그 사물들 가운데 유독 희고 깨끗한 별 하나가 떠올랐다. 순간 발길이 흔들렸고 무엇엔가 세차게 등이 떠밀리는 느낌이 들었지만, 개의치 않았다.

당신은, 하고 그는 중얼거렸다. 그 목소리엔 나지막한 비밀스러움이 깃들어 있었다. 당신은 말이에요, 하고 말을 이었다. 그러니까, 저는 당신이 참 조용하고 침착한 여자라고 생각합니다. 그건 당신의 걸음걸이를 보면 알 수 있어요. 느릿하면서도 규칙적인 발걸음. 그 도저한 걸음걸이로 당신은 눈 깜짝할 사이에 창가로 다다가 창밖을 바라보곤 했죠. 당신의 걸음걸이는 제가 하던 말을 멈추게 하고, 그래서 벙어리로 만들고, 게다가 저의 시선을 멀고 아득하게 만드는 이상한 신비로움이 있어요. 왜 그런지는 모릅니다. 아니, 왜 그럴까, 저는 생각했습니다. 글쎄요, 이렇게 말하면 당신은 웃을지도 모르겠군요. 그러니까…… 저는 당신의 걸음걸이에서 음악을 들었기 때문입니다. 그래요, 당신의 걸음걸이엔 음악이 있어요. 아, 당신이 웃고 있네요. 당신의 두 뺨이 발긋발긋해졌어요. 하지만 바이올렛, 그것은 틀림없는 사실입니다. 당신의 걸음걸이를 볼 때면 머릿속에서 메트로놈의 추가 흔들리고,

그러면 느릿하면서 규칙적인 걸음 소리가 들리기 시작해요. 지금도 당신의 걸음걸이가 보입니다. 당신의 걸음걸이는 당신이 없어도 볼 수 있습니다. 당신이 없어도 느낄 수 있어요.

그는 당신의 걸음걸이엔 음악이 있어요, 하고 말하는 순간 자신도 모르게 두 다리가 폴짝이며 저만치 사뿐 이동했지만 미처 깨닫지 못했다. 그는 계속해서 바이올렛에게 말을 걸었다.

그리고…… 당신은 말수가 적고 매사에 심사숙고하는 경향이 있으며 노우, 라고 분명하게 말할 줄 아는 자기 주관이 뚜렷한 여자입니다. 당신의 손이 그걸 말해주지요. 저는 당신의 얼굴보다는 손에서 당신을 더 잘 볼 수 있어요. 그래요, 이번엔 당신의 손에 대해 이야기 해봅시다. 당신의 그 손은 꼭 쥐고 있는 어떤 것을 빼앗기지 않겠다는 듯 고집스럽게 닫혀 있죠. 그 닫혀 있는 손 안엔 대체 무엇이 들어 있는 거죠? 혹시 당신만 알고 있는 당신의 소중한 이야기인가요? 추억인가요? 아니면 어떤 얼굴인가요? 당신의 꼭 오므린 손은 잊어서는 안 되는 그 무엇을 결코 잊지 않겠다는 굳은 결의로 뭉쳐 있는 듯해요. 행여나 그 소중한 것들이 손가락 사이로 빠져나가지 못하도록 말입니다. 만약 그렇다면, 당신의 그 손은 대체 무엇을 기억하고 있나요? 언제나 전 그것이 궁금했습니다. 하지만 바이올렛, 굳이 저에게 말하지 않아도 됩니다. 손가락 사이로 빠져나가서는 안 될 만큼 간직해야 할 귀중한 기억이라면, 제가 그것을 절대로 빼앗아서는 안 되니까요.

그는 눈앞에서 담소를 나누고 있는 하늘색 제복의 경비원과 해말쑥한 정장 차림의 젊은 남자를 의식하곤 그제야 입을 다물었다. 그는 비틀거리듯 걸어갔다. 두 사람은 즐거운 대화라도 나누었는지 화기애애해 보였다. 두 사람이 싱글벙글 웃다가 그를 새통스럽게 바라보았다. 언제 어디서나 지나가는 사람은 흔해빠진 일이지, 하고 그는 생각했다. 두 사람은 곧 새통스런 표정을 풀고 원래의 표정으로 돌아가 다시 담소를 나누기 시작했다. 젊은 남자가 먼저 입을 뗐는데, 입술 끝을 약간 삐쭉거리는 통에 한쪽 뺨이 옴씰거리는 것으로 보아 그건 우리도 잘 알고 있어요, 하고 빈정거리는 것 같았다. 뒤이어 젊은 남자의 목소리가 어렴풋하게 들려왔다. 그러니까 말이죠, 일층 로비와 천장이…… 매일 그런 느낌이…… 이곳에선 행복이 조용히 숨 쉬고 있는 것 같아요.

그는 꽈당 넘어졌다. 누군가 쇠망치로 자신의 뒤통수를 강타한 듯했다. 눈앞에서 빛들이 아우성쳤다. 대리석 바닥은 너무 매끄럽고 딱딱하고 눈부셨다.

그는 넋을 잃었다. 자신이 대리석 바닥 위에서 넘어졌다는 걸 알고 있지만 어떻게 일어나야 할지 막막했다. 부끄러워서는 아니었다. 둥근 천장의 틈새에서 희미한 햇살이 액체처럼 흘러들어 바닥에 스치면서 오밀조밀한 무늬를 만들어냈다. 하긴 근간에 지어진 빌딩들이 그렇듯이, 이 빌딩 역시 고도의 과학적 기술을 이용하여 건물 내부에까지 햇빛을 적절히 분배했다. 그렇게 분배된 햇빛은 내부 공간에 활기를 주었고, 마치 내벽들 자체가 빛을 만들어내고 있는 듯한 착각을 불러일으켰다. 로비 천장의 틈새에서 조율된 빛이 흘러내려 바닥과 사물은 물론이고 공간 구석구석을 빈틈없이 밝혔다. 그는 어둠에 걸려 넘어진 게 아니라 빛에 걸려 넘어진 게 아닐까, 하는 엉뚱한 생각에 사로잡혔다. 하지만 곧 바이올렛의 걸음걸이 때문이라고 생각을 바꾸었다. 그러니까 빛 때문이 아니라 바이올렛의 걸음걸이에 매료되어 그만 균형감각을 잃고 스텝이 엉켜서 넘어진 것이라고 결론을 내렸다. 힘이 다 빠져나간 듯 옴짝달싹할 수 없었다. 그는 몸을 일으키려다 말고 아예 그 자리에 두 다리를 뻗었다. 그러고는 넋이 나간 얼굴로 멀거니 허공의 한 점을 응시한 채 한동안 목석처럼 앉아 있었다.

그는 가까스로 일어났다. 대리석 바닥에 다리를 쭉 뻗고 앉아 있는 자신을 본체만체 떠들고 있는 두 사람이 아직도 거기에 있었다. 두 사람의 목소리가 귓가에서 웅웅거렸다. 그는 엘리베이터 쪽으로 걸어갔다. 이제 기분이 조금 산뜻해졌다. '황홀한 여행'이 시작될 것이기 때문이었다. 엘리베이터의 오름 버튼을 누를 땐 황홀한 여행을 하는 자의 설레는 기분을 맛봤는데 그 이유는 뭘까. 수직적인 순간 이동이 혈관 속의 피를 역류시키기 때문에? 중

력의 급속한 변화가 쾌감을 주기 때문에? 통로의 접면을 미끄러지듯 통과할 때 마치 전류가 흐르는 것처럼 긴장감이 느껴져서? 그의 사무실은 맨 꼭대기 층에 있었다. 그래서일까. 도시가 한눈에 그림처럼 펼쳐지는, 그저 전망 좋은 사무실이 기다리고 있을 뿐인데도, 그곳에 어릴 적부터 간직해왔던 어떤 꿈같은 것이 서려 있다는 느낌이 들곤 했다.

그런데 엘리베이터는 운행되지 않았다. 그는 웬일인가 싶어 옆에 있는 엘리베이터로 걸음을 옮겼지만 역시 꿈쩍도 하지 않았다. 다른 엘리베이터들도 마찬가지였다. 무슨 일인가 싶어 주위를 두리번거렸다. 아무도 없었다. 하긴, 지금은 모두들 일하는 시간이었다. 그러니 아무도 없다는 게 이상한 일은 아니었다. 그는 조금 전의 그 두 사람을 떠올리며 걸음을 옮겼지만 그들의 모습은 보이지 않았다. 어쩔 수 없이 다시 엘리베이터 쪽으로 걸어갔다. 그제야 첫번째 엘리베이터 옆, 벽면에 어설프게 붙어 있는 책받침만 한 네모난 종이가 그의 눈에 띄었다.

모든 엘리베이터 수리 중. 잠시 운행이 정지되오니 양해 바랍니다.

그는 비상구로 갔다. 계단을 이용할 단 하나의 방법밖에 떠오르지 않았다. 쥐색 철문의 둥근 손잡이를 당기자 육중한 중량감과 함께 삐익, 하는 소리가 귓속으로 날카롭게 파고들었다. 비상구를 구경하는 일은 처음이었다. 화강암 계단 통로로 들어서자 차가운 기운이 확 끼쳤다. 아무도 없는 그 공간은 다소 음산하고 쓸쓸했지만, 옅은 오렌지빛 조명이 은은한 빛을 뿌리고 있었다. 이 빌딩이 숨겨놓은 통행로답게 어딘지 조심스럽고 은밀한 데가 있었다. 비상구의 조명까지 꼼꼼히 챙긴 건축가의 이름을 알고 싶었지만 그건 어디까지나 스쳐 지나가는 생각일 뿐이었다. 잠시 뒤, 계단의 철책을 잡고 더듬적더듬적 올라갔다. 그는 자신의 근무처가 삼십칠층이라는 걸 상기했다. 그러자 마치 히말라야의 험준한 고봉을 올려다보는 것처럼 아마득해져서는 어지러웠다. 근무처에 이르기 위해 계단을 오르는 일이 예상치 못했던 인생의 고난처럼 느껴졌다. 그는 양손을 들어 올려 천재지변을 만난 듯 경직된 얼굴을 쓰다듬었다. 그때 정을 치는 소리가 벽 속에서 들린 것 같았다. 저 해머링 맨은 어째서 밤낮없이 못대가리를 쳐대는 걸까. 그는 거인의 지루한 반복이 참을 수 없어 인상을 팍 썼지만 얼른 태연자약하게 얼굴을 고쳤다. 정말 한심하군, 사내자식이 고만한 일로 겁을 먹고 벌벌 떠는 거야? 계단을 그대로 치달아 올라가면 될 일을 말이야. 그래도 거구의 노동자가 눈을 내리뜨며 쇠망치로 자신의 뒤통수를 치는 것 같았다. 그 거인이 자신의 뒤통수를 못대가리로 여기는 것 같아 기분이 언짢았다. 반복되는 망치질 소리에도 불구하고 비상구는 무척이나 조용했다. 눈에 보이는 장식물 대신에 보이지 않는 냉기를 계단마다에 가득 심어놓은 것 같았다.

그는 오층 계단참에 오르기도 전에 헐헐거렸다. 숨이 턱까지 치받고 있었다. 그는 잠시 쉬고 싶었다. 어쩌면 그사이 수리가 끝나서 엘리베이터가 운행되고 있을지도 몰랐다. 늙은이처럼 끙, 소리를 내고는 다리를 절룩이며 나머지 두 계단을 올랐다. 오층으로 통하는 비상구의 문을 열고 길고 복잡한 통로로 들어섰다. 우선 엘리베이터가 운행되는지부터 확인했다. 하지만 모든 엘리베이터는 아직도 바위처럼 굳게 입을 다물고 있었다. 엘리베이터 앞에는 눈에 띄는 사람도 없었다. 그는 자신과 가장 근접해 있는 엘리베이터 옆쪽, 흰색으로 회칠해 더없이 깨끗한 벽면에 몸을 기대곤 가쁜 숨을 몇 번이고 토해냈다.

어디선가 굴렁쇠 구르는 소리가 들려왔다. 아닌가? 하지만 분명히 들린 것 같았다. 그는 고개를 이리저리 돌리며 그 소리를 찾았다. 하지만 찾을 수 없었다. 직각으로 꺾어지는 오른쪽 통로 쪽으로 굴렁쇠를 굴리며 달려가는 어린 소년을 본 것도 같았다. 그는 어린 소년이 지나갔던 그 통로를 계속해서 주시했다. 그러던 중 정말 움칠거리는 무언가를 보았다. 양손으로 눈을 비비곤 그 통로에서 움칠움칠 다가오는 것을 눈여겨보았다. 그것은 바퀴가 둘 달린 자전거였다. 연식이 오래된 옛날 자전거. 칠이 벗겨진 자전거 위에 앉아 있는 건 교복 차림에 밀짚모자를 배스듬하게 쓴 남학생이었다. 호리호리한 몸집에 얼굴엔 여드름이 잔뜩 깔려 있고 덜름한 회색 교복바지를 입은 남학생이 페달을 밟으며 다가오고 있었다.

그는 이맛살을 찌푸렸다. 당장이라도 엄한 목소리로 호통을 치고 싶었지만 그러기엔 몸이 적신호를 보내고 있었다. 짧은 고민 끝에 에너지를 가급적 소모시키지 않기로 했다. 어쩌면 자신의 몸이 원하는 건 좋은 비타민이 아닐지도 모른다고 생각했다. 그는 말귀를 못 알아듣는 철없는 코흘리개 아이를 타이르듯 짐짓 너그러운 목소리로 조용하게 말했다.

이봐, 학생. 나도 자네가 이해되지 않는 건 아니야. 이 통로는 자전거를 즐겨도 괜찮아, 하고 말하고 있지. 그만큼 통로가 번듯하게 트여 있으니까 말이야. 하지만 이곳은 일하는 곳이야. 신성한 노동을 하는 곳이란 말이야. 자넨 어엿한 중학생으로 보이는데 자전거라니, 객기도 적당해야지. 취미활동이라는 건 먼저 일하고 난 다음의 일이라고. 먼저 공부하고 쉬는 게 순서란 말이야. 학생, 도대체 지금이 몇 신가?

인디고는 주위를 획획 둘러보는 남학생의 얼굴을 바라보았다. 남학생은 무슨 영문인지 전혀 모르겠다는 어리둥절한 표정이었다. 남학생의 눈빛은 예리했다. 쌍꺼풀 없이 적당히 가늘게 찢어져 있는 두 눈에는 틀이 잡힌 정확성 같은 것이 깃들어 있었다. 그 아이가 자전거를 세우며 청색 안장에 앉아 있던 몸을 멋들어지게 날리더니 착, 하고 내려섰다. 그러고는 두 다리를 보기 좋게 붙이고 공손하게 말했다.

아저씨, 방금 일하는 곳이라 하셨습니까? 방금 번듯하게 트여 있는 통로라 하셨습니까? 참, 좀 전에 지금이 몇 시냐고 물으셨습니까? 네, 지금은 오후 두 시 사십 분이고요. 그런데 아저씨, 저는 지금 들판 사이의 흙길을 내달리고 있었을 뿐이에요. 학교가 단축수업을 하는 바람에 다른 날보다 일찍 집으로 돌아가는 중이죠. 저야말로 아저씨의 문제가 뭔지 여쭙고 싶습니다.

들판이란 말에 그는 정신이 확 깼다. 모르는 누군가가 자신의 얼굴에다 찬물이라도 냅다 끼얹은 것 같았다. 그는 입을 쩍 벌렸다. 하지만 기운이 빠져나간 몸 상태를 다시 한 번 의식했고, 가볍게 헛기침을 했다. 에너지를 가급적 소모시키지 않는 게 이로울 거라는 생각을 지울 수 없었다. 그는 화를 내지는 않았지만 목소리엔 짜증이 묻어 있었다.

들판이라고? 방금 들판 사이의 흙길을 내달린다고 말했나? 이봐, 학생! 어떻게 여기가 들판인가. 학생한테 얼마나 심각한 문제가 생겼는지 학생이야말로 모르고 있어. 자, 보라고. 여기가 어딘지 말이야. 그래, 여기가 학생이 말하는 들판인가?

인디고는 오른팔을 냉큼 뻗고는 손가락으로 아무 곳이나 가리켰다. 남학생이 그의 손가락 끝을 따라 고개를 돌렸다. 그도 따라 돌렸다. 순간 그의 시야에 황금빛 들판이 확 펼쳐졌다. 그 들판을 배경으로 손가락이 가리키고 있는 건 삐삐 마르고 키가 큰 미루나무 한 그루였다. 그는 헐거운 차림에 불편한 자세로 바둑판무늬의 황금빛 들판을 홀로 지키고 있는 허수아비를 보았다. 그 들판 너머로 숲 속에 납작하게 엎드려 있는, 지붕을 억새풀로 만든 집들도 보았다. 이어서 그가 본 건 장활한 하늘에 부드럽게 떠 있는 흰 구름덩이들이었다. 그 구름덩이들이 파란색 창공을 천천히 행군하고 있었다. 그의 시선은 그것에서 멈췄다. 열심히 괭이질을 하던 손을 돌연히 멈추고 먼 추억의 한 장면을 아련히 바라보는 사람이 그러하듯, 그의 눈엔 기나긴 시선이 담겨 있었다.

그는 놀라지 않았다. 놀라기엔 너무나 친숙하고 격의 없이 정겨운 나무였고 들판이었고 허수아비였고 집이었고 하늘이었다. 그는 자기 앞에서 덜름한 교복바지를 입고 무춤하게 서 있는 여드름 학생에게 시선을 돌리는 대신 자신 앞에 펼쳐지는 풍경을 눈에 담았다. 아무것에도 방해받지 않고 가없이 펼쳐지는 하늘과 들판에 시선을 뺏긴 나머지 그만 남학생의 존재를 잊어버렸다. 하지만 그는 또 하나의 앳된 남학생을 바라보고 있었다.

저기, 밤길을 걸어가는 아이는 도대체 누구인가. 내가 지금 꿈을 꾸고 있나? 끝없이 걸어도 닿을 수 없는 먼 곳, 아마도 늦여름 밤인 것 같아. 자율학습 시간에 아이는 어떤 소리를 들었어. 그건 오로지 책장을 넘기는 소리. 사르륵사르륵. 수십 명이 번갈아가며 내는 그 소리에 창밖, 밤벌레 노랫소리까지 끼어들어서 독특한 화음을 만들고 있었지. 밤벌레들이 서로가 서로를 부르는 소리. 이상도 하지. 매일 듣던 소리인데. 하지만 처음인 것처럼 그 소리들은 경이로웠고, 아이는 그 소리들에 심취해 있었지. 아이는 그 소리들을 손에 꼭 쥐고 싶었어. 하지만 그것은 손에 들려지지 않았고, 돌연한 발작처럼 아이는 그만 온몸이 마비가 되어버렸지. 밤벌레들이 아이의 귀에 속삭였어. 걱정하지 마, 그것은 갑작스럽게 찾아온 생의 충동이야. 뭐라고? 하지만 그 소리는 귀에 들려오자마자 어디론가 자취를 감추고 말았어. 아, 제발 걱정일랑 하지 마세요. 곧 일어날 테니까요, 시계가 여섯 시를 가리키면요. 어둠은 쉽사리 사라지고, 얼마나 많은 세월이 흘러갔나. 하지만 그 시간도 아주 짧은 시간에 불과해. 밤은 낮으로 이어지고, 밤은 또다시 낮으로 이어지고…… 나는 그걸 말로 제대로 표현할 수 없어요. 나는, 그곳에서, 많은 시간을 보냈지. 나는, 이곳에서도, 많은 시간을 보냈고. 그동안 나는 많은 말들을 했고, 어쩌면 필요 이상으로 많은 말들을 했는지도 모르겠군. 아, 글쎄 재촉하지 말라니까요, 아시다시피 곧 저녁이잖습니까. 아이는…… 그 길로 교실 밖으로 나왔어. 별도 달도 아닌 그 무엇이 아이의 발길을 이끌고, 아무 생각도 없이 걷고 또 걷는데, 아이는 문득 생각했지. 지금, 나는 왜 이럴까? 여기는 어디일까, 아이는 생각해. 그래, 그럴 거야, 너도밤나무 숲일 거야. 나무는 향기만은 감추지 못하니까. 나뭇가지에 총총히 나뭇잎을 달고 있어 하늘을 온통 가리고 있는 나무들을, 아이는, 아무 의심 없이, 바라봐. 벌써부터 나뭇잎은 노랗게 물들고, 향긋하고 비릿한 냄새가 흘러 다니고 음습한 탓인지 뭔가 썩는 냄새도 피어오르네. 그 냄새가 자꾸만 다가와서 아이는 콧잔등을 찡그려. 아이가 눕고 있어, 사지를 마음껏 다 펼치고. 그곳엔 아무도 없는 게 분명한데, 아이는 누군지도 모를 얼굴 하나를 바라봐. 괴상야릇한 얼굴. 아이는 웃어. 어색하게 웃네. 아이의 입에서 무심코 흘러나온 기이한 가락.

아버지와 아들놈이 노름을 한판 했는데…… 돈을 잃은 아버지가 고추나무에 목매러 간다.

캠핑 갔다가 아이들한테 이 불경한 노래를 배웠는데, 가사가 잘 기억나지 않아. 왜 이 노래가 생각이 났는지, 알다가도 모르겠네. 아이는 너도밤나무의 불가사의한 냄새에 취했고, 하룻밤 사이에 어른이 되었고, 오늘도 몸을 굽혀 아침을 맞이했지. 먼 것이 가까이 다가와도 나는 아무렇지 않았고, 그렇게 아무렇지도 않게 지나갔어. 나는 그 누구를 한 번도 마음껏 사랑해본 적이 없고, 하긴 그 누군가로부터 마음껏 사랑을 받아본 적도 없었지. 나는 참 많은 말을 하고 살았는데, 말을 하면 할수록 말들이 자꾸 쌓여갔어. 정말 하고 싶은 말, 누구에게도 하지 않았던 은밀한 말들이 내 몸 어딘가에 모여 있을지도 모르는데. 이제 와서 딱 한 번만이라도 그 말들을 끄집어내어 곁에 있는 사람에게 들려줄 수만 있다면. 나는 홀로 걸어가고, 가야 할 곳 없이 걷고 또 걷는데, 지금 나는 왜 이럴까. 나는 나의 마음을 말로 표현할 수 없군요. 더 이상 생각을 할 수도 없어요. 그럼에도 뭔가를 생각해야 한다면, 내가 뭔가를 말해야 한다면, 기다려요, 저녁이 올 때까지.

인디고는 남학생을 향해 천천히 시선을 돌렸다. 그 아이가 자전거에 올라타고 있었다. 그 모습을 물끄러미 바라보았다. 이제 남학생은 좀 전에 그랬듯이 페달을 밟고 들판 사이의 흙길을 달려서 억새풀로 지붕을 만든 집의 마당으로 들어서겠지. 그는 남학생이 그럴 것이라고 막연히 짐작하면서 오른손을 어물어물 들었다. 실은 말이야, 나도 이 길을 잘 알고 있어. 이 길을 가다 보면 죽 늘어선 몇 개의 가게들이 나타날 거야. 마지막 가게는 아마도 어물전이겠지. 그러니까 그 어물전을 끝으로 새로운 길이 나타날 거란 말이야. 그 길에는 여러 가지 꽃들이 마치 처녀들이 행진하듯 무리 지어 피어 있지. 그 꽃들이 작고 예쁜 몸을 흔들며 지나다니는 사람들에게 손짓을 할걸? 자기를 봐달라고 말이야. 접시꽃, 참나리, 괭이밥, 달개비, 개망초, 쥐오줌풀, 개쑥부쟁이……. 아, 그 어디쯤에서 가만히 귀를 기울이다 보면 아래로 늘어진 연한 남보라색의 종모양의 꽃들이 앞다투어 내는 소리를 듣게 될 거야. 딸랑딸랑. 딸랑딸랑. 바로 금강초롱꽃이야. 그렇다고 그 소리에 너무 심취해선 안 돼. 그 어디쯤에 물웅덩이가 있어서 넘어질 수 있으니까. 그러니까 다른 모든 관심사를 차단시키고야 마는 그 신생의 길에서 감동의 출처에 더 깊이 다가갈지라도 근처에 물웅덩이가 있으니 각별히 주의해야 한단 말이야. 자전거를 타고 가다 학생이 혹시라도 넘어져 다칠까 봐 걱정이 돼서 하는 얘기야. 그럼 잘 가. 남학생이 고맙다는 뜻인지 머리를 깍듯하게 숙였다 들어 올렸다. 난데없이 학생의 이름이 궁금해진 건 그가 손을 내밀어도 잡을 수 없는 곳으로 내달리는 그 아이의 밤송이 같은 뒤통수를 봤을 때였다. 그가 멋쩍은 목소리로 외쳤다. 참, 학생 이름이 뭔지 알려줄 수 있어? 그 아이가 두 발을 움직이며 뒤를 돌아다봤다. 하지만 씨익 웃었을 뿐이어서, 그는 그 아이가 자신의 목소리를 들었는지는 잘 알 수 없었다.

그때 땡, 하는 엘리베이터 신호음이 들렸다. 바로 옆에서 엘리베이터의 문이 열리고, 이어서 두 명의 말쑥한 양복쟁이들이 자늑자늑한 포즈로 걸어 나왔다. 자네 말이야, 아까 프레젠테이션 정말 똑 떨어지게 하더군! 하는 소리와 이어서 뭘요, 다 부장님 덕분이지요, 하는 소리가 들려왔다. 바지주머니에 양손을 찔러넣고 흐뭇한 웃음소리를 내며 왼쪽 통로에서 다른 쪽 통로로 건너가는 두 사람의 뒷모습이 너무나 태연하고 자연스러워서 엘리베이터에 문제가 발생해서 운행이 안 됐던 사실이 있었는지조차 의심스러울 정도였다. 어쨌든 이제 수리가 끝난 건가? 그는 모든 엘리베이터의 오름 버튼에 불이 켜지는지 하나하나 눌러보았다. 엘리베이터의 오름 버튼엔 밝은 초록색 불빛이 또렷하게 반짝거렸다. 오층에 멈춰져 있는 전광판의 불빛을 올려다보고는 눈길을 조금 내렸다. 날마다 주저 없이 몸을 맡기며 오르락내리락했던 엘리베이터였다. 그런데 고집스럽게 닫혀 있는 엘리베이터 문이 웬일인지 서먹하고 낯설어 보였다. 애당초 이 빌딩의 모든 엘리베이터는 나를 제외한 다른 사람에게만 허용된 것이 아니었을까? 그는 의기소침해졌다. 흔흔한 얼굴로 친근하게 이야기를 주고받는 두 사람의 목소리가 점차 멀어져갔다. 그 모습이 덧없는 비눗방울처럼 사라질 때까지 벽에 기댄 채 벙벙한 얼굴로 서 있었다.

그는 이제 계단 길이 아닌, 엘리베이터의 직선 길을 이용하기로 했다. 엘리베이터가 막 운행되기 시작했으므로 당연한 일이었다. 그는 여느 때와 다름없이 주머니에 양손을 찌른 채 엘리베이터에 올랐다. 그러고는 자신의 사무실이 있는 층에서 무심히 내렸다. 자신의 책상이 기다리고 있는 사무실로 걸어갔다. 마침내 천장에 매달린 '기획실'이라고 쓴 아크릴 간판을 보자 비로소 자신이 있어야 할 장소가 이곳이었다는 걸 새삼스레 알게 되었다. 이곳이야말로 해가 뜨고 해가 지기까지 머물기엔 더없이 만족스러운 곳이었다. 무엇보다 빛이 그랬다. 맨 꼭대기 층인 삼십칠층의 사무실은 일층의 로비와 마찬가지로 천장으로부터 조율된 빛이 흘러들어와 활기를 주었다. 벽과 바닥은 물론이고, 빛은 숨겨져 있는 틈새까지 흘러들고, 접촉하고, 스며들었다. 때론 그 빛이 눈에 피로감을 주고 지치게 할 때도 있지만 거부할 수 없다면 차라리 즐겨라, 중얼거리곤 차분히 업무에 임하곤 했다. 그는 무엇보다 차가운 구름에 이르도록 거대한 수정처럼 박혀 있는 이 빌딩 안에서라면 무한히 고귀한 인간이 될 수 있다는 걸 믿었다. 이제 그는 사무실의 모든 것을 밝혀주는 빛 속으로 들어가기 전 심호흡을 해야 했다. 새로 출시된 냉장고에 대한 소비자들의 반응을 조사하러 외출한 뒤, 다시 사무실로 돌아오기까지 이토록 험난한 여정을 겪을 줄 누가 알았겠는가. 밖에서 업무를 끝내고 사무실로 복귀하는 일이 생각만큼 간단한 일이 아니라는 걸 깨달은 그는, 시큰해진 자신의 콧날을 만지작거렸다. 그때 누군가 그의 어깨를 툭 쳤다. L이었다.

왜 그렇게 어리벙벙한 표정이지? 마치 촌놈이 어쩌다 관청이 라도 온 것처럼 말이야.

L은 같은 부서에서 일하는 동료 직원이었다. 그는 빙싯 웃으며 말했다.

외근 나가는 거야?

응, 골치 아픈 일이 생겼어. 어쩌면 밖에서 일을 보곤 곧바로 퇴 근할 수도 있고. 참, 건 그렇고, 이따 저녁 술 한잔 어때?

아, 술 좋지. 한데, 어떡하지? 난 오늘 저녁 선약이 있거든.

선약이라, 선약 조오치! 그럼 수고하고 즐거운 저녁 시간 보내 길. 참, 좀 전에 뭔 생각을 그렇게 골똘히 한 거야? 불러도 못 듣고 말이야.

날 불렀다고? 못 들었는데.

게다가 어리뜩한 표정과 초점 없는 눈을 하고서 두리번두리번 하는 꼴이라니. 그 특유의 예리한 눈빛은 어디 간 거지?

예리한 눈빛? 내가? 예리한 눈빛이라면 난 아무것도 아니지.

아무것도 아니라니?

그거야 우리 회장님 눈빛에 비하면 그렇다는 거지. 정말 회장 님 눈빛은 너무나 강렬해서 마주 볼 수조차 없을 정도니까. 잘 알잖아.

뭐, 하긴 그렇지. 하지만 그렇게 말하는 자네의 눈빛도 만만치 않은걸. 모르겠어? 자, 그럼 이제 가봐야겠어. 내일 봐.

이발소에 갈 시간조차 없을 만큼 바빠서였는지, 아니면 게으른 탓인지 길게 자라서 더펄거리는 머리 하나가 저만치 멀어져가는 걸 물끄러미 바라보았다. 그는 어제와 다름없이 이 통로에서 평소 가깝게 지내온 동료를 만나 친근한 대화를 나누었다는 사실에서 뜻밖의 위로를 받았다. 그것은 작고 사소한 일이지만 자신이 외톨이가 아니라는 사실을 단번에 입증해주는 것이니까. 그는 좀 전의 차 안에서 낙오자가 된 것 같은 기분에 젖어 있었던 자신을 떠올렸는데, 그건 자신이 낙오자가 아니기 때문에 그런 감상적인 기분을 즐길 수 있었던 것인지도 모른다고 다시 한 번 생각했고, 그러자 마음이 한층 여유로워졌다. 게다가 사무실엔 그를 익히 알고 있는 동료들이 그들먹할 것이었다. 그 동료들이 자신을 일별하고는 어떤 식이로든 알은체를 할 것이 분명했다. 이를테면, 어이, 신제품 출시 반응이 어때? 또는 그래, 콧바람 좀 쐬니 가슴이 좀 시원해? 수고했어 등등……. 그러자 잔잔한 만족감이 밀려왔고, 마음속에 등불 하나가 켜진 듯 밝아졌다. 그는 총총걸음을 쳐서 사무실로 들어갔다.

그런데 그는 기획안에 무엇을 갉작갉작 쓰다가 자신을 일별하고는 눈이 활짝 벌어지다가 싸늘하게 굳어버리는 얼굴 하나를 보았다. K였다. 그리고 저만치 선 채 누군가와 통화를 하다가 자신을 흘긋 보고는 공포에 질린 듯 파래진 입을 쩍 벌리며 뒷걸음치는 얼굴 하나를 또 보았다. Y였다. 컴퓨터 자판을 두들기다가 언뜻 쳐다보곤 온몸에 잔털이 무수히 난 벌레라도 발견한 듯 혐오스러운 눈빛으로 자신을 쏘아보고 있는 얼굴도 보았다. P였다. 그는 몸을 빠르게 위아래로 훑어보았다. 내 몸에 무슨 더러운 버러지라도 붙어 있나? 하지만 어제와 마찬가지로 오늘도 아무 변함이 없었다. 그는 바로 앞자리에서 컴퓨터 자판을 두들기다 멈춰 있는 P의 손을 내려다보았다. 일하던 손을 멈춘 채 무엇을 꺼리는 눈빛으로 자신을 쳐다보고 있는 P에게 조심스레 말했다. 이봐, 장난도 지나치면 화가 되는 법이야. 나를 무슨 끔찍한 벌레라도 보듯 하는군. 온몸에 털이 무수히 난, 그래, 짚신벌레 말이야. 가만, 오늘이 만우절도 아니고, 이거 전부들 왜 이러지? 그러고 나서 그는 P의 표정을 살폈다. 하지만 여전히 파르대대하고 뭔가 불편한 기색의 P의 얼굴은 맞아, 넌 짚신벌레야, 그런데 물속에 있어야 할 짚신벌레가 어인 일로 이곳에 있는 거지? 하고 되묻는 것 같았다. P는 눈매에 도사리고 있는 경계의 눈빛을 풀 기색이 전혀 없어 보였다. 그러고 보니 사무실의 모든 직원이 일하던 손을 멈춘 채 그를 징그러운 벌레를 보듯 소스라친 얼굴을 하고 있었다. 그는 숨통이 막히는 것 같았다. 내가 저들에게 무슨 잘못이라도 했단 말인가, 하고 생각했지만 아무것도 떠오르지 않았다. 그들을 향해 분명히 기억할 수도 없는 몇 마디 말을 더듬적거렸지만 되돌아온 건 묵묵부답이었다. 그들의 얼굴은 그를 절대로 상대하지 않겠다는 굳은 결의를 지닌 듯했다. 그는 엉거주춤하게 선 채 그들이 그러거나 말거나 자신의 자리로 당당하게 걸어갈지, 상황 파악을 위해 일단은 사무실 밖으로 나간 뒤 곰곰이 생각해볼지를 고민했다. 그는 어떤 이유에서건 그들의 비겁함과 졸렬함에 대해 당차게 항의할까도 생각했지만 짧은 고민 끝에 그러지 않기로 했다. 사무실에서 외출한 뒤 다시 사무실로 돌아오기까지 그 여정이 순조롭지 않아서 기운이 빠진 것도 그렇지만, 뭔가 켕기는 것도 있어서였다. 그는 그들로부터 등을 돌린 뒤 사무실 밖으로 비트적비트적 걸어 나갔다.

빌어먹을, 하고 그는 마른침을 홱 내뱉었다. 이렇게 기분이 더럽기는 처음이었다. 화장실에서였다. 화장실은 오른쪽 통로로 돌아 다시 왼쪽 통로로 건너간 뒤 다시 직각으로 돌면 만나게 되어 있었다. 그는 수도의 손잡이를 거칠게 올리곤 손을 씻었다. 손바닥에 흰 거품이 풍성하도록 마구 비비는 동안 뒷목이 뜨거워졌다. 그사이 소문이라도 난 걸까? 그래서 그들이 다 알아버린 걸까? 쳇, 그까짓 휘파람 소리가 뭐 별거라고. 그는 적개심을 잔뜩 품은, 상대하기도 싫다는 그들의 표정과 경멸의 눈초리가 휘파람 소리 때문이 아닐까, 생각했다. 그렇지 않고서야 그들이 자신을 그렇게까지 적대시할 이유가 없었다. 하지만 휘파람 소리는 해고자 명단에 자신의 이름이 없다는 걸 알자마자 자신도 어찌할 수 없이 새나온 것이었다. 너무나 기뻐서 나름의 방식으로 세레머니까지 하고 싶었지만 분위기를 봐서 꾹 참았던 것이 그나마 다행이었다. 그러니까 휘파람 소리를 해고당한 동료를 전혀 배려하지 않은, 비인간적이고 교양 없는 행동으로 여기고, 그런 사람은 도외시하고 격리시켜야 마땅하지 않느냐고 그들이 자신을 비난하고 있는지도 몰랐다. 으으, 그 망할 휘파람 소리를 어떻게든 참았어야 했는데. 그는 입을 두 주먹으로 틀어막는 시늉을 했다. 하지만 입을 아무리 틀어막아도 희미하게 새어 나오고야 만 휘파람 소리가 내내 마음에 걸렸다. 그는 자신에게 화가 난 나머지 세면대 모서리를 탕 쳤다. 고개를 들고 거울을 보았다. 수압이 센 물로 손을 씻은 탓에 물방울이 튀어 번들거리는 이마가 못마땅했다. 아직 저물녘도 아닌데, 눈두덩이 푹 꺼지고 졸음에 겨운 눈을 하고 있어 밤샘 근무를 마친 사람의 고단한 눈빛을 무색케 했다. 그는 좀 전에 우아하게 돌아가는 회전문에서 곤욕을 치렀기 때문이 아닐까, 생각했다. 날마다 세련된 포즈로 들고 났던 회전문이었는데. 내가 바보가 된 걸까? 게다가 바이올렛의 주먹 쥔 손과 걸음

걸이에 마음을 홀딱 빼앗긴 나머지 스텝이 엉켜서는 빛나는 대리
석 바닥 위에서 꽈당 넘어지기까지 하지 않았던가. 그는 바이올
렛의 조용하면서도 리듬이 실린 걸음걸이를 다시 떠올렸다. 그러
자 그의 머릿속에 자신의 실수를 꼬투리 잡고 호된 질책과 야유
를 넘어 혐오와 경멸의 시선을 화살처럼 쏘아댔던 사무실 사람들
이 겹쳐 보였다. 그래, 그들은 알았던 걸까? 내가, 그것도 가장 절
친한 친구의 아내에게 정신을 빼앗긴 나머지 일층 로비에서 자빠
졌다는 사실을? 아니아니, 그걸 그들이 알 리가 없지. 어떻게, 무
슨 수로 알겠어? 그는 고개를 좌우로 흔들며 물기가 채 마르지 않
은 손을 허공에다 탈탈 털었다. 그 생각에 지나치게 몰두한 나머
지 한쪽 벽면에 손 건조기가 있는 것도 잊었다. 그는 연이어 생각
했다. 아냐, 그럼에도 불구하고 그들은 분명히 뭔가를 알고 있는
눈초리였어. 그래 뭐, 만약 그렇다고 치자고. 뭐 어때서? 절친한
친구 아내의 주먹 쥔 손에 강렬하게 도취되고 그녀의 걸음걸이에
매혹되어 찬사를 줄줄이 늘어놓았다 해서, 그게 뭐 그렇게 비난
받을 일인가?

　어쩌면 휘파람 소리나 친구의 아내에게 도취되었던 것이 그 이
유가 아닐지도 모른다는 생각이 든 건 그가 화장실 밖으로 막 나
왔을 때였다. 하여간 그들은 뭔가를 알고 있는 눈초리였는데, 그
뭔가가 무엇인지 통 알 수 없었다. 어쨌거나 그는 자신이 무죄라

고 결론을 내렸다. 그런 만큼 사무실 사람들이 또다시 야유하고 적대시하는 낌새라도 보이면 이번엔 구경만 하고 있지 않을 거라고 다짐했다. 그는 좀 전의 끔찍한 광경 따위는 잊고, 외출한 뒤 사무실로 막 복귀하는 사람처럼 연한 카키색 재킷 자락이 폴락이도록 활기찬 걸음으로 사무실 안으로 들어갔다.

하지만 인디고를 바라보는 사람은 없었다. 좀 전의 돌덩이 얼굴들은 고사하고 아예 모든 사람들이 뒷짐을 쥔 채 등을 돌리고 서 있었다. 그에게서 완벽하게 등을 돌린 그들의 얼굴을 본다는 건 쉽지 않은 일이었다. 그들은 굳게 약속이라도 한 것 같았다. 이제 나와는 얼굴조차도 마주치지 않겠다는 건가? 날 아예 없는 사람으로 취급해서 증발시켜버리겠다, 이건가? 그는 입술을 푸르르 떨며 말을 할 듯 말 듯 하다가 기가 막혀서는 허공의 한 점으로 눈길을 돌렸다. 점점 숨이 가빠왔다. 잠시 후, 그는 이 사람들, 정말 너무들 하는군, 뇌까리곤 뒷짐을 지고 등판을 꼿꼿이 세우고 돌아서 있는 그들을 향해 날카로운 시선을 던졌다. 사람들의 신체에서 얼굴이 지워지고, 다들 정형화된 양복을 입고 있어서 누가 누군지 금세 알아볼 수도 없었다. 평소 자신에게 호의를 갖고 너그럽게 대한 사람이 누구였는지 떠올려보려 했지만 크게 당황한 탓인지 그것조차 쉬운 일이 아니었다. 그는 본능적으로 좀 전에 보았던 K의 자리를 서둘러 찾았다. K의 자리엔 K가 있었지만 역시 K의 얼굴은 돌아가 있었다. 그는 시원스레 생긴 K의 두 눈이 K의 뒤통수에 붙어 있기라도 하듯 평소처럼 K에게 다정한 눈길을 건네며 말했다. 하지만 그 목소리엔 약간의 비굴함이 묻어 있었다.

K, 난 좀 지쳐 있어. 이제 장난 좀 그만할 수 없어? 당장 등을 돌리고 날 좀 보란 말이야. 도대체 무슨 일인지 모르겠는데, 나에게 설명 좀 해줘.

그러자 K가 순순히 등을 돌리기 시작했다. 평소에 어떤 일을 부탁하면 흔쾌히 들어주던 K였다. K를 바라보는 그의 입가에 흡족한 미소가 떠올랐다. 그러나 K가 완전히 몸을 돌렸을 땐 K의 목이 댕강 잘려 나가 있었다. 어디 목뿐인가. 뒷짐을 지고 있던 양팔도 깨끗이 잘려 나가고 없었다. 그는 까무러칠 듯 놀랐다. K의 몸통에서 얼굴과 양팔이 떨어져 나가서가 아니라 여전히 자기를 골탕 먹이려는 K 때문이었다. 평소의 K라면 이럴 수는 없었다. 함께 점심식사를 나눈 뒤면 호주머니 깊은 곳에서 박하 맛이 나는 사탕을 남몰래 꺼내 자신의 손바닥에 쥐어주곤 했던 절친한 동료가 왜 이렇게 가혹하게 구는지 알 수 없었다. 가슴을 쥐어짜는 알수 없는 아픔이 느껴졌다. 인디고는 두리번두리번하며 Y를 찾았다. 하지만 엇비슷한 의상과 똑같은 포즈 속에서 동료 Y를 한눈에 알아보기는 어려웠다. 그는 격앙된 목소리를 내질렀다.

Y! Y! 어디 있나. 나에게 좀 와줄 수 없어? 도대체 나에게 왜들

이러는지, 내게 설명을 해줄 수 없냐고!

그는 돌아선 채 옴짝달싹도 안 하는 많은 사람들 중 유독 어깨를 움직거리는 단 한 사람을 보았다. Y였다. Y가 등을 돌리고 있었다. 하지만 Y의 머리와 양팔이 감쪽같이 사라지고 만 건 그의 입가에 미소가 피어오르기 직전이었다. 입이 벌어지다가 만 그의 표정은 전혀 해석될 수 없는 것이었다. 웃고 있는 입에 놀란 눈을 하고 있어 모호하기만 했다. 그는 Y도 포기할 수밖에 없다는 걸 알았다. 하지만 또 하나의 절친한 동료 P를 떠올렸으므로 완전히 절망한 것은 아니었다. 그의 입에서 울먹거리는 불안정한 목소리가 터져 나왔다.

이봐, P! P! 어디 있어? 죄다 등을 돌리고 서 있고, 게다가 옷차림이 비슷비슷해서 누가 누군지 금세 알아볼 수가 없다고. 설마 무슨 재미난 게임이라도 하자는 건 아니겠지? 하지만 난 아주 피곤하다고. 아무리 신나는 게임이라도 제발 나는 제외시켜줘. 외출을 하고 사무실로 돌아오기까지의 과정이 그리 쉽진 않았단 말이야. 난 비로소 깨달았어. 외출을 하고 사무실로 복귀하기까지는 그리 간단한 일이 아니라는 걸 말이야. 그만큼 아주 길고 험난했지. 나는 이상한 흥분에 사로잡혀 해머링 맨을 바이올린 연주자로 착각하고는 도로를 정체시킨 주범이 되어 다른 운전자들에게 큰 폐를 끼쳤다고. 그리고 나에게 무슨 일이 있었던가. 그래, 어쩌다가 회전문 안에 갇힌 신세가 되어 그 안에서 뺑뺑 헛돌았던 일이 생각나는군. 게다가 빛나는 대리석 바닥에서 창피하게 꽈당 넘어지기도 했지. 아, 더는 생각하고 싶지도 않아. 이봐, 내 꼴 좀 보라고. 외출하고 돌아온 내 몰골이 초췌한 게 팍삭 시들어 보이지 않아?

하지만 등을 돌린 P의 머리와 양팔도 실종되고 없었다. 그는 자리에 붙박인 채 양 주먹을 휘둘러대며 허공에다 무수히 많은 금을 긋고는 소리소리 질렀다. 상당히 화가 난 목소리였다.

이봐, 도대체 왜 이러는 거지? 무슨 토르소 게임이라도 하자는 건가? 하지만 세상에서 으뜸가는 재미난 게임이라도 먼저 일하고 난 다음에 즐겨야 된다고! 다들 보세요! 외출하고 돌아온 피곤한 사람에게 대체 뭐하자는 겁니까! 다들 절 보시라니까요! 지금은 일하는 시간이란 말입니다!

많은 사람들이 그의 부탁을 들어주는 것 같았다. 하지만 자신을 보기 위해 회전하는 그들의 머리와 양팔이 어디 딴 데로 떨어져 나간 것을 확인했을 뿐이다. 그는 정신 나간 사람처럼 비좁은 통로를 왔다 갔다 하며 이것저것 되는대로 마구 더듬었다. 그가 찾는 건 당연히 사람들의 목과 어깨에서 떨어져 나간 머리와 양팔이었다. 하지만 한 개의 머리도 찾지 못했다. 머리를 개처럼 굽히곤 책상 밑까지 샅샅이 훑어보았지만 헛일이었다. 그들은 그저 조용히 서 있었다. 지겨우리만치 침묵을 견지하고 있는 것으로 보아 말하는 것까지 잊어버린 모양이었다. 그들이 지독한 침묵으로써 자신에게 뭔가를 항의하며 시위하고 있는 게 아닐까, 생각한 건 텅 빈 자신의 자리가 눈에 띄었을 때였다. 도대체 이 사람들이 나에게 하려는 이야기가 무엇일까 생각했지만, 그들의 침묵을 읽어낼 수 없었다. 머리가 없는 그들의 넓적한 어깨로 여러 갈래의 빛이 떨어져 내렸다. 빛이 그들을 둘러싸며 푸르도록 환하게 밝혀주었다. 하지만 모든 걸 밝혀주는 빛은 공포였다. 극명한 차단이었다. 그는 고통스러웠다. 무엇보다 얼굴이 없는 그들이 누구인지 전혀 알 수 없었다. 빛은 그들 모두를 비추어주었지만 그들의 내부까진 침범할 수 없어서, 그들로부터 그 어떤 것도 알아낼 수 없었다. 그는 그들을 바라보기를 그만두고 싶었다. 자신이 저지른 잘못에 비해 그들의 질책이 너무나 지나치다는 생각이 들었고, 이제 그들에 대한 적개심마저 불타오르기 시작했다. 그들에 대한 분노로 그의 눈빛은 이글거렸지만 어찌 된 일인지 마음은 싸늘하도록 침착해졌다. 입가에 비웃음을 머금고 차가운 목소리로 말했다.

정말 너무들 하십니다. 다들 들으세요. 머리와 양팔을 어디에 숨겨놓으신 겁니까. 참내, 저는 말입니다, 아시다시피 그저 왜소한 노동자에 지나지 않습니다. 제가 무슨 잘못을 했는지는 모르겠지만, 저 같은 사람 골탕 먹여서 뭣하시려고 그러십니까. 그러니 어서들 속히 숨겨놓은 머리와 양팔을 집어 들고 목과 어깨에 갖다 붙이세요. 지금은 일하는 시간입니다. 당신들의 일하는 손을 보여주세요. 그 아름다운 손을 말입니다. 지금 당장 머리를 집어 들어 목에다 갖다 붙이지 않겠다면, 저도 더 이상 어찌해볼 도리가 없습니다. 제가 여러분을 상대하지 않겠습니다. 네, 네, 저는 여러분의 게임에 응하지 않겠어요. 설령 그것이 재미난 토르소 게임이라 할지라도, 저는 그 게임이 피곤할 뿐이니 말입니다.

하지만 그들은 귀에 담기는커녕 꼼짝하지 않은 것으로써 그의 말을 묵살했다. 사무실에서 오로지 움직이는 건 빛뿐이었다. 몸이 몹시 더워진 그는 피곤에 찌들어 허룩해진 재킷을 벗었다. 그러고는 한쪽 팔에다 성의 없이 걸쳐놓았다. 그는 입을 꾹 닫았다. 말하는 것까지 잊어버린 그들에게 더 이상 말하고 싶지 않았다. 양어깨를 축 늘어뜨리고서 사무실 밖으로 걸어 나왔다.

그는 털털 걸었다. 딱히 갈 곳이 없어 통로 여기저기를 배회했다. 한쪽 손엔 돌돌 말린 신문을, 다른 손엔 연한 카키색 재킷을 들고서였다. 통로를 반복해서 걸어다니는 일은 무료했다. 평소와는 달리 자유롭고 복잡한 통로의 접선을 통과할 때 긴장감이 느껴지지 않았다. 하지만 그는 통로를 계속해서 왔다 갔다 했는데, 그 일 말고는 딱히 할 일이 없었다. 메트로놈의 추를 떠올린 건 통로를 아무 생각 없이 걷던 중 바닥을 질질 끌고 있는 자흑색 구두를 무심코 내려다봤을 때였다. 할 일 없이 지루한 반복을 거듭할 뿐인 걸음걸이, 그 걸음걸이에 뭔가 다른 변화를 주고 싶은 충동이 일었다. 그는 일정한 보폭으로 느리고도 규칙적으로 발을 옮겼다. 머릿속에서 메트로놈의 추가 흔들렸다. 그 발걸음이 어떤 음악 소리를 내고 있었다. 한 걸음씩 내딛을 때마다 반음이 미끄러지는 목소리로 그는 노래를 불렀다. 바이올렛, 바이올린, 바이올렛, 바이올린.

하지만 노래를 그만둘 수밖에 없었다. 저쪽 통로 끝에서 흉측하리만큼 말라빠진 검은 신사가 계단을 올라가는 걸 얼핏 봤기 때문이었다. 그 신사의 출현은 벽에서 튀어나온 것처럼 갑작스러웠다. 유난히 골이 깊게 파인 창백한 얼굴이 체격과 걸맞지 않은 헐렁한 검은 정장과 대비되어 기이한 느낌을 주었다. 그는 그 신사가 거리의 허다한 사람처럼 그저 의미 없이 지나가는 사람으로 느껴지지 않았다. 언제 어디서나 무심히 지나치게 되는 사람과는 달리 그 검은 신사는 유독 그의 눈길을 끌었다. 조각칼로 새긴 것 같은 골이 깊게 파인 얼굴이 수상한 빛을 내쏘기 때문일까? 계단을 하나하나 밟고 올라가는 신사의 얼굴이 얼음처럼 차가워 보여서? 피골이 상접한 얼굴에 비해 계단을 올라가는 발소리가 묵직했기 때문에? 섬뜩한 느낌을 주는 그 검은 신사가 도무지 이 세상

사람이 아닌 것 같아서? 정처 없이 헤매고 다니는 이 통로가 빌딩의 맨 꼭대기 층인데도 도대체 저 검은 신사는 더 올라갈 그 무엇이 있다고 계단을 자박이며 올라가는 걸까, 하고 그는 이상하게 여겼다. 뒤이어, 그런데 언제 저곳에 계단이 있었지? 혼잣말을 하고는 그 신사를 따라가기 위함인지 아니면 계단을 보러 가기 위함인지 딱히 알지 못한 채 잰걸음으로 통로 끝으로 다가갔다. 그 계단은 비상구의 화강석 계단이 아니었다. 통이 굵은 대나무들이 촘촘히 엮여 계단을 이루었다. 계단 옆 벽면엔 붉은 천과 노란 천들이 번갈아가며 바닥까지 드리워져 있는데, 거기에는 도무지 알아볼 수 없는 그림들이 그려져 있었다. 그 대나무 계단 하나를 올랐을 때 검은 신사의 그림자가 계단 끝 너머로 휙, 사라졌다. 그도 계단을 오르기 시작했다. 어릴 적, 자신의 비밀을 숨겨놓은 다락방을 올라가듯, 이 빌딩이 숨겨놓은 또 하나의 색다른 통행로를 올라가며 자유롭고 복잡한 통로의 접선을 지날 때의 그 긴장이 다시금 느껴졌다.

그곳은 옥상일 뿐이었다. 어떤 건물에나 있기 마련인 옥상. 그러나 꽤 넓은 정원이라고 해도 괜찮을 것 같았다. 비록 인조 잔디지만 시멘트보다는 나을 것 같았고, 비록 인조 꽃이지만 가장자리에 색색의 꽃들이 빛나고 있어 그런대로 눈요기할 만한 곳이었다. 그가 이 빌딩에서 근무하게 된 뒤 이곳에 올라와보긴 처음이었다. 재떨이가 구비되어 있지 않은 걸 보니 딱히 흡연자를 위한 공간도 아닌 것 같았다. 이 공간이 왜 필요할까, 또는 누구에게 필요한 곳일까, 의아했지만 그 의문에 집착하진 않았다. 창백한 얼굴에 두 눈이 동굴처럼 깊이 파인 검은 신사가 머릿속에서 떠나질 않아서였다. 주위를 두리번거렸다. 신사는 어디에도 보이지 않았다. 그는 신사를 찾지 않기로 했다. 설령 찾는다 해도 어차피 일면식이 없는 사이라서, 신사에게 덥석 말을 붙인다거나 주고받을 이야기가 없었다.

대신 그는 꽤 큰 무덤 하나를 발견했다. 신사를 찾지는 않았지만 신사의 잔상이 머릿속에 남아서일까. 무엇에 이끌리듯 거닐던 중 강렬하게 그의 눈을 덮쳐온 것이었다. 이파리가 우거지고 키가 큰 인조 관목들 건너편에 아무렇게나 던져놓은 듯, 그러나 차곡차곡 쌓인 빈 상자들이 피라미드 모양을 이루고 있었다. 그것은 무덤이었고, 물론 그렇게 단정할 만한 근거는 없었다. 하지만 무덤은 멀리 떨어져 있어서 그는 본숭만숭하고는 빈 하늘을 올려다보았다. 이제 하늘을 방해하는 건 아무것도 없었으므로 시야가 확 트인 공간을 마음껏 누릴 수 있었다. 게다가 빌딩은 차가운 구름에 이르고 있어 구름 속을 유유자적하게 거닐고 있는 듯한 느낌이 들었다. 자신의 심장에 끔찍하고도 이해할 수 없는 고통의 화살을 쏘아댄 사무실 사람들을 잊어버리고 양팔을 크게 벌려 멋지고 근사한 빌딩이 주는 혜택을 제대로 누리고자 그는 마음먹었다. 드넓게 펼쳐진 정원을 걷는 기분으로 한 발 한 발 내딛었다. 그러던 중 오늘 저녁에 있을 랍스터 파티를 떠올렸고, 집으로 초대한 그린과 바이올렛 부부에게 감사의 전화를 할까 하다가 그만두는 제스처를 했다. 감사의 표현은 그들을 감동할 만하게 우아하고 세련된 어법으로 머릿속 창고에 저장해두었다가 식사 중 적당한 기회에 전하는 것이 더 자연스러울 것 같았다. 인디고는 마음속으로 중얼거렸다. 그린의 집에 도착하자마자 친구들에게 이봐, 오늘은 정말 사나운 하루였어, 운을 떼고는 다른 날과는 완전히 다른 오늘의 고달픈 일련의 일에 대해 푸념해야겠어. 그러고는 아, 단 하루라도 살아간다는 건 얼마나 지극히 위험한 일인가, 하고 언젠가 읽었던 어느 소설의 문구를 써먹으며 엄살을 떨고 또 떨어야지. 친구가 좋다는 게 뭐겠어. 그리고 무엇보다도 랍스터 요리가 날 기다리고 있잖아. 랍스터 요리라…… 참, 랍스터 요리야말로 지구상에 남은 마지막 비밀요리가 아닐까, 하고 말한 건 누구였더라? 그린이었나? 아니면 블루였나? 언젠가 랍스터를 먹을 때 파라다이스가 따로 없다고 말하기도 했는데, 그린이었나? 블루였나? 아니면 나였나? 그는 알쏭달쏭한 표정을 지으며 아무튼 랍스터를 먹을 땐 가장 맛있는 집게다리부터 파먹어야지, 생각했고, 그러자 벌써부터 입안에 군침이 돌기 시작했다. 그

가 무덤 가까이에서 어정거리고 있을 때는 술을 잔에 가득 따르
며 번뜩이는 유머와 유쾌한 농담으로 자신을 위로해주는 그린과
블루의 얼굴을 떠올렸을 때였다. 그의 입이 환하게 벌어졌다. 입
을 헤벌린 채 눈앞의 무덤을 보았다. 이제 보니 무덤은 아무렇게
나 던져놓은 빈 상자들이 아니었다. 수많은 머리들이 쌓여져 있
었다. 특별히 이곳으로 저녁이 서둘러 찾아온 걸까? 무덤 주변엔
두터운 어둠이 낮게 깔려 있었다. 저만치 외떨어진 곳에서 산비
둘기 한 마리가 방정맞게 울어댔다. 그는 구구구구 울어대는 그
산비둘기 소리를 이상하다, 여겼지만 그것은 잠깐 동안이었다. 그
울음소리가 꽃들의 흥을 돋우어주었는지 꽃들이 더욱 붉으락푸
르락 빛났다. 이제 그는 무덤으로 바투 다가갔다. 그러고는 허리
를 꺾고 고개를 움직여 이 얼굴 저 얼굴을 살펴보았다. 그들의 얼
굴은 분칠한 듯 하였지만 어디서 본 듯 낯설지가 않았다. 아니, 굉
장히 낯익은 얼굴들이었다. 피식, 웃음이 나왔다.

 쳇, 좀 전에 사무실에서 아무리 뒤져도 꼭꼭 숨어 있던 머리들
이 바로 여기에 있었군, 하며 그는 낮게 투덜댔다. 그는 기가 막힌
나머지 두 눈을 푹 감았다 뜨고는 도리질을 했다. 두두룩이 잘 쌓
여진 창백한 백색의 무덤은 물론 피라미드 모양이었다. 우선 동
료 K를 찾기로 했다. 목이 떨어져 나간 수많은 얼굴 중 K를 찾는
일은 식은 죽 먹기였다. 함께 점심을 먹고 나면 자신의 손에 쥐어

주려고 호주머니에서 박하 맛이 나는 사탕을 꺼낼 때 들리던 바스락 소리가 그의 귀를 건드렸다. K! 거기 있었군! 하고는 소리가 나는 곳으로 화속하게 걸어갔다. 넙적한 얼굴에 이목구비가 시원하고 입가에 느글느글한 웃음기가 배어 있는 K였다. 하지만 K의 얼굴은 전혀 다른 얼굴이어서 깜짝 놀라고 말았다. 정확히 설명하기가 쉽지 않은, 그러나 굳이 말해야 된다면 반쯤 뒤집힌 희멀건 눈빛에 어딘가 넋이 빠져나간 듯한 얼굴이었다. 그는 K와 눈을 맞추려 했지만 허사였다. K의 눈길은 어디를 향한 것인지 알 수 없었다. 휑하니 열려 있는 K의 두 눈엔 시선이 없었다. K와 눈을 맞추기를 그만두고 Y를 찾기로 했다. Y! Y! 무덤 둘레를 빙빙 돌며 Y를 찾았다. 결국 경리 과장인 H와 인사부 차장인 M 사이에서 찌그러진 통조림처럼 짜부라져 있는 Y의 얼굴을 발견했다. 하지만 Y도 그랬다. Y의 눈길도 허공의 한 점에 의미 없이 걸려 있을 뿐이었다. 그는 혹시나 하고 P를 찾기로 했다. 하지만 P도 마찬가지였다. 관리부 부장인 G와 영업부 대리인 B 사이에서 찌그러져 있는 Y도 어딘가 모를 곳을 보고 있었다. 빌어먹을, 모든 얼굴들이 그랬다. 그 모든 얼굴들과 눈을 맞추는 일에 실패한 그의 얼굴에 허망한 느낌이 짙게 깔렸다.

거 보세요, 제가 뭐랬습니까.

무덤 주변을 휘청거리며 맴돌고 있는 그가 탄식인지 한탄인지 모를 말을 내뱉었다. 그는 혀를 쯧쯧 차고는 상당히 안됐다는 투로 말을 잇댔다.

제가 말했지 않았습니까, 당장 토르소 게임을 그만두라고요. 토르소는 아무나 되는 것이 아니라고 하잖았습니까. 더군다나 일하는 시간이지 않았습니까. 휴식이라든가 여가라든가 취미활동 같은 건 먼저 일하고 난 다음의 일이라는 걸 오늘따라 왜들 잊으셨습니까.

하지만 그는 그들을 하나하나 안타깝게 여기며 애도하는 데 긴 시간을 쏠 수는 없었다. 그 자신이 무척 고단했기 때문이다. 게다가 무덤을 이루고 있는, 어딘지 넋이 나간 듯한 멍한 얼굴들과 흡사한 얼굴들이 눈앞을 마구 지나가고 있어서, 머릿속에서 벌레가 들끓기라도 하듯 강력한 두통이 밀려왔다. 그는 두 손으로 머리를 감싼 채 옥상의 계단을 타달타달 내려왔다.

그는 걸었다. 통로는 여전히 조용했다. 다들 일하는 시간을 엄수하고 있었다. 좀 쉬고 싶었지만 쉴 만한 곳은 없었다. 일하는 곳에선 당연히 쉼이 금지되어 있으니 적당히 쉴 만한 공간이 없는 것도 당연한 일이겠지. 천장의 틈새에서 조율된 빛이 흘러들어와 홀로 걸어가는 그를 고요히 비추었다. 그는 빛 속을 걸으며 자신의 몸집이 해머링 맨에 비해 지나치게 왜소하다는 걸 상기했다. 그는 자신에 대한 호의로써 자신을 둘러싸고 밝혀주는 빛이 저만치 물러가주기를 바랐지만 그것이 터무니없는 바람이란 걸 모르지 않았다. 빛이 눈을 찌르고 들어와 여전히 안구의 피로를 느꼈다. 그는 사무실을 지나치려 할 때 아직도 목이 없는 토르소들이 그 자세 그대로 서 있을까, 궁금해하지는 않았다. 자꾸 내리 감겨지는 눈꺼풀을 감당할 만큼의 힘도 남아 있지 않았다. 삼십칠층 통로를 비척걸음으로 걸어갈 뿐이었는데, 어디로 가야 할지, 어디에서 멈춰야 하는지, 알지 못했다. 그는 마땅히 갈 곳이 없었지만 좀 쉬고 싶다는 열망을 버리고 싶지는 않았다. 어느덧 화장실을 지나고 있었다. 좀 전에 손을 씻고 거울 속에서 얼굴을 봤던 화장실이었다. 그는 그곳을 지나쳤다. 그러고는 몇 발짝 더 걸은 뒤, 그곳이 어디든 상관없이 들고 있던 신문지를 펴고는 통로에 길게 깔았다. 그 신문지 위에 드러누웠다. 얼핏 창밖을 보니 저녁이 성큼 다가와 있었다. 두 눈을 깊이 감았다. 여분의 신문지 하나로 얼굴을 덮어씌웠다. 마치 노숙자라도 된 기분이었지만 별로 신경쓰고 싶지 않았다. 몸에서 열이 났다. 그는 몸을 모로 누이고는 달팽이처럼 오그라뜨리면서 바닥에서 올라오는 냉기 때문이겠지, 하고 웅절웅절했다. 잠은 오지 않았다. 정신은 더욱 또렷해졌다. 이유 모를 슬픔이 밀려왔다. 그는 자신의 몸이 그 안에 어떤 즐겁고 명랑한 것들만, 이를테면 참새의 혀처럼 짤막한 휘파람 소리 같은 것만 감추어놓는 게 아닐지도 모른다는 생각을 했다. 왜 슬픈지는 이해할 수 없지만 울고 싶어졌다. 그는 계속해서 뭔가를 생각해보려 했지만, 더는 아무것도 생각나지 않았다. 무슨 말이라도 해보려고 입을 열었지만 왜, 왜, 라고 뙤뙤거릴 뿐 말을 잇지 못했다. 그는 울기 시작했다.

그린,

개와 함께 잠들다

그린은 기나긴 점심식사를 마치고 사무실로 돌아왔다. 사무실은 텅 비어 있었다. 사무실 직원이라고는 자신을 포함, 고작 두 명에 불과했기 때문에 텅 비어 있다는 느낌은 어쩐지 잘못된 것 같다는 생각이 머릿속을 스쳐 가긴 했지만 그는 그 느낌에 대해 뭔가 다르게 생각해보고 싶지 않았다. 그는 약간 지쳐 있었다. 점심식사가 끝나면 늘 그랬듯 창가에 놓여 있는 널찍한 호두나무 책상 앞으로 아무런 의심 없이 다가갔다. 그러고는 역시 언제나 아무 의심 없이 그를 맞아주는 등받이가 높은 의자에 털썩 앉고는 손목시계를 보았다. 시곗바늘이 오후 한 시 십 분을 막 지났다. 사무실은 지나치게 조용했다. 창밖에서 희미한 자동차 소리가 쉴 새 없이 들려왔지만 사무실이 지나치게 조용하다고 느꼈다. 그는 한 번도 사무실이 조용하다고 생각해본 적이 없었다. 건물 밖은 복잡한 번화가였고 차들이 끊임없이 달렸다. 소음은 사무실의 유리창을 뚫고 들어오기 마련이었다. 도시의 정겨운 소음이었다. 어쩌면 소음이 없는 공간이야말로 그에겐 오히려 견디기 어려운 것일지도 몰랐다. 하지만 오늘의 소음은 사무실의 정적을 더 깊이 드러나게 해주고 있었다. 부지불식간의 깨달음이었다. 심지어 창밖의 소음은 이 공간을 위해 존재하고 있는 것이 아닐까, 하고 생각했다. 하지만 그 생각을 계속하기에 그는 좀 피곤했다. 그는 생각하기를 그만두고 자신의 자리 앞에서 오른쪽 벽 앞에 위치한 빈 책상으로 고개를 돌렸다. 그것은 깨끗하게 정리된 채 얌전하게 주인을 기다리고 있었다. 미스터 장은, 아니 미스터 강인가? 이런, 왜 갑자기 그의 성(姓)이 헷갈리지? 그와 일한 지 일 년이 다 되어가지 않는가. 하루에도 족히 열 번 이상은 불러댔던 이름인데, 어떻게 이럴 수가 있단 말이지? 그는 일 년 전, 흡족한 마음으로 채용한 키가 훤칠하고 단아한 스물여덟 살의 청년이 미스터 장인지, 또는 미스터 강인지 잠시 그 생각에 골몰했다. 하지만 어느 쪽에도 확신이 서질 않았다. 당혹스러움과 함께 짙은 피로감이 몰려와 의자에 깊숙이 몸을 밀어 넣었다. 그러고는 부루퉁한 얼굴로 중얼거렸다. 그래, 이 모든 게 그 망할 베토벤 때문인지도 몰라. 그는 점심식사 중 베토벤이 갑자기 찾아오는 바람에 식사시간이 지체된 것에 대해 약간의 분노가 일었다. 어쨌거나 미스터 장인지, 미스터 강인지, 오늘따라 점심식사가 꽤나 늦어지는 모양이었다. 좀체 없던 일이었다. 혹시 그에게 무슨 일이 생긴 걸까? 설령 그렇더라도 평소 무책임한 사람이 아니므로 전화 연락 없이 점심식사 시간이 지나도록 자신의 책상을 이렇게 방치할 리 없었다. 미스터 장은, 또는 미스터 강은 무엇보다도 시간관념이 투철한 사람이었다. 그는 부하직원에게 무슨 나쁜 일이라도 생겼는지 한편 걱정이 되었지만 휴대폰을 들어 확인할 마음의 여유가 없었다. 정말 피곤했으므로 그에게 필요한 건 부하직원을 향한 걱정이 아닌 그냥 이대로의 나른한 침묵과 그 속에서의 완전한 휴식이었다. 그래, 내게 필요한 건 완전한 휴식이야, 휴식이라고. 스스로 중요한 다짐을 하듯 못을 박는 듯한 말투로 외쳤지만 어쩐지 눈길만은 그 빈자리에서 떼어내지 못했다. 미스터 장은, 혹은 미스터 강은 일처리가 깔끔하고 예의가 바른 사람이다. 공손하기로는 이루 말할 데가 없고 말수가 적으며 침착하기 그지없는 사람이다. 적어도 그가 알기로는 그랬다. 하지만 그런 미스터 장, 혹은 미스터 강에게도 특이한 점은 있었다. 기획안을 작성하거나 컴퓨터를 들여다볼 때, 아무튼 무슨 일을 하더라도 어떤 생각에 깊이 잠겨 있는 몽상가의 얼굴을 하고 있다는 것이다. 그래서인지 책상도 그 주인의 얼굴을 닮아 있었다. 책상은 정말 신중하게 잘 정돈되어 있었고, 예의 바르고 단아한 청년 같은 모습으로 제자리를 올곧게 지키고 있었다. 하지만 그 빈자리는 언제나 빈자리였다는 듯 완강한 침묵에 감싸여 있었다. 그 침묵 속에서 몽상가의 몽롱한 말들이 맴돌았다. 분명 미스터 장의 목소리였다. (그래! 그는 미스터 장이 분명해. 왜 지금에서야 그의 성이 떠오른 걸까.) 그 목소리는 작고 여리고 가냘팠지만 그의 귓가에 생생하게 들려왔다. 그 생생한 목소리는 그에게 미스터 장이 여느 때와 다름없이 자기 자리로 돌아와 하던 일을 묵묵히 하고 있는 게 아닐까, 하는 착각을 불러일으켰다. 그러자 느닷없이 그 목소리에 다른 소리들이 섞이기 시작했다. 컴퓨터 자판 두드리는 소리가 들리더니 똑딱하는 마우스 소리가 잇달아 들려왔다. 연이어 책장을 넘기는 소리와 급히 울리는 전화벨 소리가 그의 귀에 차례로 달라붙었다. 책상 서랍을 열고 뭔가를 찾는 부스럭대는 소리를 그는 또 들었다. 그 소리들은 창밖의 소음과 다시 섞여서 하나의 불협화음의 소음 덩어리를 이루었다. 그것은 서로 다른 반딧불들이 여기저기서 제각기 반짝거리다 마침내 함께 반짝이는 것과 흡사하다고, 생각했다. 그런데 반딧불이라고? 왜 하필 반딧불 생각을 한 거지? 그는 어이없는 표정을 지었다. 그는 이 대도시의 삶을 버리고 싶은 생각은 추호도 없었다. 오히려 대도시의 삶에 지극히 만족하고 있었다. 무엇보다 시간을 허투루 낭비하는 일 없이 꽉 짜여진 견고한 일상 속에서 이루어내는 사업적 성취감을 즐기는 편이었다. 그러니까 반딧불 따위를 생각하며 감상적인 기분에 빠지기에는 너무 바빴다. 그는 사실 반딧불이 반짝거리는 어느 깜깜한 숲 속에 있어본 적도 없었는지도 모른다고, 생각했다. 하지만 그 생각에 오래 붙들려 있을 수는 없었다. 자꾸만 귀에 달라붙는 그 불협화음들에 이끌리고 있었다. 그는 난마처럼 마구 뒤섞인 그 소음 덩어리가 기묘한 음악 같다는 느낌이 들었다. 주제도 없고 모티브도 없는 그저 뒤죽박죽 섞여 있는 정체불명의 소리들. 그 소리들은 언제나 존재했을 터인데, 그는 처음으로 그 소리를 듣고 있었다. 도무지 이해할 수 없는 것이라는 자각 때문에 귀가 오히려 그 소음 쪽으로 열리고 있는 듯했다. 빈자리에서는 여전히 미스터 장의 목소리가 맴돌고 있었다. 하지만 알아들을 수 없었다. 그 언어는 그의 가슴을 답답하게만 하는 낯선 이방인의 것이었다. 이해될 수 없는 검은 인쇄 자국의 외국어처럼. 그린은 한숨처럼 힘없는 목소리로 말했다.

이봐, 미스터 장. 나는 자네의 말을 알아들을 수 없어. 내가 좀 알아듣게 말할 수 없겠어?

그러자 부하직원의 얼굴이 그의 눈에 들어왔다. 부하직원이 자리에 단정하게 앉은 채 볼펜으로 기획안에 무엇을 끄적거리고 있었다. 미스터 장이 거기에 앉아 있었다. 그 얼굴은 기운이 없는 병자처럼 창백했지만 두 눈에는 변함없이 어떤 그리움 같은 것이 깃들어 있었다. 추억이 깃든 사진 한 장을 오래 응시하는 듯한 눈빛이랄까. 미스터 장이 그에게 그 특유의 시선을 길게 건네면서 역시 그 특유의 공손한 말투로 말했다.

사장님, 사장님이 제 말을 알아듣지 못하는 건 제 잘못이 아닌 것 같은데요. 저는 어제와 다름없이 같은 말을 사용하고 있으니까요.

그는 그렇게 말하는 미스터 장의 목소리를 들었다. 다시 말하면 미스터 장의 언어는 전혀 이해할 수 없는 것이었지만, 그는 그렇게 알아들었다.

그래? 그렇다면 자네 탓이 아니라 내 탓이란 말이지?

그린은 조금 풀이 죽은 목소리로 말했다. 미스터 장의 말이 사실이라면, 그러니까 미스터 장의 언어가 어제의 언어와 다를 바 없다면 이건 뭔가 크게 잘못된 일이었다. 그는 한 손으로 턱을 받치고 불만 섞인 투로 말했다.

그러니까, 자네 말은 내 탓이라는 거지? 그렇지? 미스터 장?

그렇습니다, 사장님.

이봐, 오늘이 무슨 요일이지?

수요일입니다.

수요일이라고?

그렇습니다. 지난 수요일과 다를 바 없는 수요일이죠.

수요일, 지난 수요일과 다를 바 없는 수요일이라고?

그렇습니다. 저의 언어가 어제와 다를 바 없는 언어이듯 말입니다.

그러니까 확실히 나한테 문제가 생겼다는 말이네, 그렇지?

그런 것 같습니다, 사장님.

왜 그렇다고 생각해? 혹시 자네가 말해줄 수 있겠어? 아, 내 정신 좀 봐, 그걸 자네한테 묻다니. 미스터 장, 그만 됐어, 됐다고.

그린은 손을 휘휘 내저었다. 미스터 장의 말이 틀림없다면 오늘은 수요일이고, 더군다나 지난 수요일과 다를 바 없는 수요일이고, 더욱이 월요일은 아니므로 직장인들이라면 대개가 겪는 월요일 증후군 따위는 아닐 것이 분명했다. 월요일 증후군이 아니라는 사실이 확실해지자 그는 난감한 표정을 지었다. 창밖의 끊임없는 소음으로 귀가 먹먹해질 지경인데도 사무실이 지나치게 조용하다고 느낀 것과 텅 빈 사무실 안에서 귀에 들려오는 이러저러한 소리들과 자신의 부하직원의 성이 느닷없이 헷갈리는 일 따위 등, 오후 한 시 십 분에서 십오 분 정도가 지난 지금 시각까지의 이 공간이 다소 비현실적으로 느껴졌다. 그 문제에 대해 곰곰 생각하여 스스로 납득할 수 있도록 이치에 맞게 정리할 생각이 없지는 않았으나 곧 그 문제를 심각하게 여기지 않기로 마음을 바꿔먹었다. 어찌 됐든 미스터 장의 언어가 그의 머릿속에서 이해되었기 때문이다. 다시 말하면 미스터 장의 언어가 알아볼 수 없는 검은 인쇄 자국의 외국어처럼 낯선 것이었지만 왠지 모르게 저절로 알아들을 수 있어서였다. 그러자 조금 전, 레스토랑에서 베토벤이 찾아왔던 일이 다시금 떠올랐다.

그가 사무실 근처, 레스토랑에 들어가 구석진 자리에 앉았을 때, 벽에 걸린 고풍스러운 시계는 오전 열한 시 삼십 분을 가리키고 있었다. 외국 바이어와의 미팅이 있는 날이면 점심식사는 꼭 혼자서 먹었다. 오후 네 시, 시내에 있는 M호텔 라운지에서 만나기로 되어 있는 홍콩 바이어와의 만남은 거래 계약을 성사시키느냐, 아니면 무산되느냐의 기로에 서 있는 대단히 중요한 일이었다. 그런 날이면 절반쯤 익힌 두툼한 스테이크를 비장하게 칼질한 뒤 천천히 씹어 먹었다. 그건 그의 오래된 습관이었다. 그는 한입에 쏙 넣을 만큼의 고깃덩어리를 잘라내 입안에 넣고는 육질의 씹히는 맛을 관능적으로 즐겼다. 사업 아이템의 가격 책정에 있어 홍콩 바이어와의 고단한 기싸움에 필요한 건 무엇보다 두둑한 뱃심이라는 걸, 본능적으로 알았다. 그러니까 그가 즐겨 먹는 스테이크 요리는 단순한 식사가 아닌 나름의 사업 전략의 일환으로 그의 육체가 절실하게 필요로 하는 것이었다. 실내엔 작곡가가 누군지 모를 피아노 소나타가 흐르고 있었다.

그 레스토랑은 늘 클래식이었다. 특색이라면, 그곳은 어두운 조명 탓에 낮에 와도 밤 같은 분위기를 풍긴다는 것이다. 한번 자리에 앉으면 시간감각을 흐리게 만들기 일쑤여서 손목시계를 자주 들여다보지 않으면 다음 스케줄을 놓치게 되는 위험성이 도사리고 있었다. 그래서 빡빡한 오후 스케줄 때문에 그 레스토랑에 가기가 망설여졌지만 매번 그런 위험성에 끌려들어갔고, 그것이 당연한 일인 것처럼 되었다. 간혹 그는 생각했다. 어둠 속에서의 식사는 시각의 마비와 함께 잠들어 있던 미각을 깨어나게 해주기도 하는 걸까? 그 어둠 속 공간에서 식사를 하면 혀가 다시 살아나는 느낌을 받곤 했다.

그 레스토랑은 튼튼한 경제력을 자랑하는 사람들이나 출입할 것 같은 근사하고 멋진 장소였다. 식탁과 식탁 사이의 간격이 넓어 무엇보다 쾌적했고 특별히 신경 써서 주문한 것 같은 고급스러운 장식물들이 그 공간에 어울리게 배치되어 있었다. 그곳에 가면 기분이 우쭐해졌다. 이해할 수 없는 건, 레스토랑 입구엔 사계절 내내 커다란 크리스마스트리가 가지에 매단 장식물들을 바꾸며 손님을 맞이한다는 것이었다. 처음엔 그 레스토랑의 주인이 유별나게 게으른 탓이 아닐까, 의심했지만 그 나름의 이유가 있겠거니, 하고 생각을 바꾸었다. 그리고 점차 그런 것에도 아무런 의문을 품지 않게 되었다. 계절의 변화와 상관없이 손님을 맞이하는 커다란 크리스마스트리처럼 짧게 깎은 머리에 깔끔한 정장 차림의 잘생긴 웨이터도 늘 변함없이 그곳에 있었다. 그가 기억하기로는 그 레스토랑의 단골이 된 지 삼 년이 약간 넘었는데, 그 웨이터는 안방에 놓여 있는 붙박이가구처럼 무덤덤한 표정으로 굳건히 자리를 지키고 있었다. 그가 자리를 골라 앉으면 그 웨이터는 기계단추를 누르면 막 작동하기 시작하는 로봇처럼 어딘지 부자연스러운 걸음으로 걸어왔다. 그러고는 아무 특징이 없는 무표정한 얼굴로 주문 메뉴판을 내려놓을 뿐 단골손님에게조차도 일절 말을 걸지 않았다. 그런 점이 마음에 들었다. 그는 혼자만의 조용한 식사를 원했고, 머릿속은 그날의 바쁜 일정으로 복잡했으며, 자신을 성가시게 하는 사소한 일이 일어나는 걸 경계했다. 그는 안심스테이크를 주문했다. 그리고 손목시계를 보았다. 열한 시 사십 분이었다.

웨이터가 안심스테이크가 담긴 하얗고 둥그런 도자기 접시를 가져왔다. 좀 전에 흐르던 그 피아노 소나타는 끝났고 역시 제목을 알 수 없는 엇비슷한 음악이 흘렀다. 그는 클래식에 무지했다. 그러나 그걸 부끄럽게 여기지는 않았다. 소파에 몸을 푹 담그고 음악을 들을 만큼 한가하지 않았기 때문이다. 그는 대기업의 무역부에서 실무경험을 쌓은 뒤 개인사업을 하겠다고 용감하게 자리를 털고 일어났고, 개인 사무실을 오픈한 지 삼 년이었다. 그는 식사시간에도 업무에 몰두했다. 그는 손가락 사이로 솔솔 빠져나가는 시간의 실타래를 견딜 수 없었고, 그래서 대책 없이 흐르는 그 시간을 세세히 토막 낸 뒤 체계적으로 일했으며 낚시꾼이 물고기를 낚아채듯 그날의 계획된 일들을 어김없이 완수하는 데 큰 보람을 느꼈다. 안심스테이크를 절반쯤 먹는 중 손목시계를 보았다. 벌써 세번째였다. 그런 그의 행동은 이상할 게 없었다. 하루일과 중 점심식사를 위해 한 시간 정도를 쓰기로 했고, 오후 스케줄을 소화하려면 식사를 삼십 분 정도 일찍 해야만 했다. 게다가 저녁엔 조촐한 모임이 기다리고 있었다. 그는 두 쌍의 부부를 집으로 초대했다. 모처럼 고교 동창들과 집에서 한잔하기로 한 약속이 있었다. 점심식사가 끝나면 사무실로 들어가 우선 밀린 잡무부터 처리해야지. 실내엔 또다시 음악이 바뀌었고, 이번에는 그의 귀에 낯설지 않았다. 안심스테이크는 맛이 썩 좋았다.

그린이 숱이 많은 구릿빛 머리의 중년남자를 본 건 남은 스테이크 두 조각 중 한 조각에 포크를 막 찍었을 때였다. 그 남자는 문을 열고 들어오자마자 급히 누군가를 찾는 듯 실내를 한 바퀴 휙 둘러보았다. 유행이 한참 지난 고리타분한 외투가 그의 주의를 끌었다. 어딘지 본 것 같은 사람이었다. 어둡고 침울한 남자의 얼굴을 보니 불길한 예감이 들었다. 그는 얼른 고개를 떨어뜨렸다. 묵직한 발자국 소리가 점점 크게 들려왔다. 그 발소리는 찾는 사람을 알아보고 걸어오는, 확신에 찬, 그러나 몹시 서두르는 소리였다. 그는 입으로 가져간 스테이크 조각을 접시에 내려놓고 고개를 들었다. 역시 그가 아는 사람이었다. 베토벤이었다. 베토벤이 한마디 말도 없이 그의 맞은편 의자에 풀썩 앉고는 거칠고 불안한 숨을 내쉬었다. 그는 세상사람들이 다 알고 있는, 무덤 속에 있어야 마땅한 사람이 거친 숨을 몰아쉬며 뭔가 하소연하는 것 같은 눈빛을 보내는 것이 마음에 들지 않았다. 그는 난데없는 베토벤의 출현에 놀라 기겁을 하는 대신 인상을 썼다. 지금은 식사 중이었고 어느 누구와도 한담을 즐길 겨를이 없었다. 베토벤은 몽유병자처럼 밤낮없이 어딜 헤매고 왔는지 무척 지쳐 보였다. 거기다 병색이 완연한, 해골처럼 깡마르고 파리한 얼굴빛이었다. 그 창백한 얼굴엔 베토벤 특유의, 뭘 보든 그럴 것 같은, 부리부리하고 저돌적으로 치뜬 눈망울은 사라지고 없었다. 하지만 그 사내는 분명 베토벤이었고, 눈빛은 비통에 잠긴 듯 충혈되어 있었다. 그는 표정을 굳게 감추고 치뜬 눈으로 베토벤을 바라보았다. 하지만 다시 고개를 숙였다. 직감적으로 알 수 있었다. 베토벤이 간곡하게 뭔가를 말하고 싶어 한다는 것을 말이다. 그는 혹시라도 눈길이 마주칠까 봐 조바심이 났다. 그는 어느 누구와도 대화를 나눌 생각이 없었고, 특히 음악 얘기라면 질색이었기 때문이다. 이제껏 음악 없이도 잘 살아왔을 뿐만 아니라 굳이 그것이 자신에게 절실하게 필요한 교양적 덕목인가, 하는 의문을 품기까지 했다. 게다가 그가 알기로, 베토벤은 성질이 더러운 남자였다. 갑자기 그는 고등학교 시절, 음악 숙제를 하려고 베토벤에 대해 살펴본 적이 있었던 걸 기억해냈다. 당시, 주변 사람들의 증언에 의하면 베토벤은 뭔가 악의에 차 있고 완고하고 인간을 혐오하는 악종 인간이었다는 것이다. 이유를 알 수 없는 거친 행동과 인과관계가 없는 충동적인 언행을 했고, 통제할 수 없는 자신의 이질적인 모습이 스스로도 견딜 수 없어 심각한 고통을 받았다고도 했다. 그럴진대, 세월이 흘러 세상이 바뀌었어도 그 괴팍한 성질이 변했을 리 없었다. 자칫 잘못하면 그 포악한 성질이 돌발적으로 튀어나와 굶주린 황소처럼 사납게 달려들어 곤경에 빠뜨릴 수도 있었다. 어쨌거나 베토벤이든, 모차르트든, 그런 유별난 인간과 짧은 대화라도 나누어야 하는 지금의 상황이 그는 거북살스러웠다. 그는 속으로 경계심을 늦추지 않으면서 겉으론 태연자약한 표정을 지어 보였다. 그러고는 스테이크 조각에 꽂힌 은빛 포크를 다시 집어 들었다. 죽은 시체처럼 초점 없는 남자의 눈빛이 몸 어딘가에 달라붙어 있는 것 같아 기분이 언짢아졌다. 그가 스테이크 조각을 양 어금니 사이로 밀어 넣곤 잘근잘근 씹을 때였다. 베토벤이 절망에 찌든 것 같은 쉬지근한 목소리를 내질렀다.

이봐요, 지금 흐르는 이 소나타, 내가 작곡한 거예요. 모르겠어요?

베토벤의 언어를 당연히 이해할 수 없었다. 그는 독일어를 몰랐다. 하지만 어떻게 알아들었는지, 그 자신도 이해할 수 없었다.

그래서 어쨌단 말이죠?

그가 시금털털하게 말했다. 그러고는 마지막 남아 있는 스테이크 조각에 포크를 갖다 대곤 푹 찔렀다. 고기를 잘근잘근 씹었다. 그 씹은 고기를 확 내뱉는 듯한 투로 말을 잇댔다.

난 클래식을 부러 찾아 듣는 사람이 아니에요. 음악 얘기라면 잘못 찾아왔어요.

그는 두툼하고 연한 안심스테이크의 마지막 조각을 입안에 넣었다. 흔히 사람들은 한자리에서 같은 음식을 일정량 이상 먹게 되면 한계 효용이 체감되는 법이라고 말하지만 그에겐 그 체감의 법칙이 통하지 않았다. 그에게 있어 요리의 맛을 음미한다는 건 숨겨놓은 멋진 여인과 섹스를 하는 것만큼이나 달콤하고 짜릿한 것이었다. 특히 마지막 남은 고깃덩어리 한 점이야말로 뜻하지 않은 일이 찾아와, 다시는 못 볼, 멀리 떠나는 여인의 뒷모습을 보는 애타는 남자의 심정처럼, 애절하고 쓸쓸하지만 그러나 달콤한 회한 같은 것이 서려 있는 미식의 완성 같은 것이었다.

그렇다면 알아두세요. 이 곡은 내가 공들여 작곡한 크로이처 소나타란 말이에요.

크로이처 소나타? 흐음, 알았어요. 그럼 됐죠? 참, 나도 한 가지 말하겠는데, 나는 음악을 도무지 이해할 수 없어요. 난 이해할 수 있는 것만 보거든요. 문자로 된 것만 본단 말입니다.

난, 억울해요.

그는 베토벤의 말을 알아들었다. 하지만 그 남자는 그린의 말을 듣기는커녕 아예 묵살하듯 가로챘고, 뭔가에 지독히 화가 난 것처럼 보였다. 하지만 여전히 슬픔과 회한이 어려 있는, 죽음을 앞둔 병든 환자의 눈빛만은 여전했다. 그는 시선을 조금 내렸다. 남의 옷을 빌려 입은 듯한, 아니면 많은 시간이 흐르는 동안 악성(樂聖)이라 불리는 괴팍하고 광기 어린 남자의 몸집이 지나치게 왜소해졌는지 몸에 걸쳐 입은 검은색 구닥다리 양복이 지나치게 헐렁해 보였다. 눈꺼풀이 축 늘어진 눈 밑에는 피로한 듯 다크서클이 앉아 있고 열 개의 손가락은 식탁 위에서 피아노 건반을 두드리듯 무질서하게 움직여댔다. 그는 식탁 위에서 정신없이 춤추는 그 열 개의 손가락에 가만히 시선을 두었다. 이제 보니 그것들은 피아노 건반을 두드리는 것 같은 움직임이 아니라 바람에 나부끼는 이파리처럼 떨고 있었다. 분명히 그랬다. 방금 베토벤이 저 깊은 대지 속에서 불쑥 솟아오른 사람처럼 어둡고 침울한 얼굴로 억울하다고 한 말이 떠올랐다. 무엇이 억울하다는 걸까. 그는 알 수 없었지만 무슨 말을 해야 할지 몰랐다. 푸른 술병이 잔뜩 꽂힌 원목 진열대 앞에서 두 눈을 끔뻑이며 서 있는 웨이터를 불러 재스민차를 주문했다. 그때 베토벤의 성급한 목소리가 들려왔다.

　난, 억울해요.

　난, 억울해요.

　난, 억울해요.

　같은 말을 세 번이나 토해냈다. 그때였다. 그의 귓가에 어떤 소리가 번지고 있었다. 크로이처 소나타였다. 세상사람들 모두 베토벤을 알았고, 그 역시 알았으며 크로이처 소나타 정도야 익히 알고 있었다. 그 음악엔 뭔지 모를 그리움이 서려 있었다. 중학교 시절, 교실의 칠판 위에 걸려 있는 스피커에서 흘러나오는 음악을 듣고 답안지에 작곡가의 이름과 제목을 적는 시험을 치르고 있는 한 남학생이 눈앞에 떠올랐다. 그 남학생이 의자에 홀연히 앉아 있었다. 크로이처 소나타가 흐르고 있었다. 그는 모처럼 음악을 들었다. 그것은 바이올린 소나타 9번이기도 했다. 작곡가는 베토벤이었다. 가장 음탕한 소나타라고 말한 사람은 톨스토이였던가. 음악은 막바지로 달리고 있었다. 곧 헤어져야 할 여인을 격하게 껴안아보지 못한 채 쓸쓸히 돌아서는 것 같은 크로이처 소나타의 희미해져가는 마지막 선율이 그의 귓속으로 애잔하게 흘러들어왔다.

　이봐, 미스터 장. 뭘 그리 쳐다보는 거지? 하던 일이나 계속하라고 하지 않았어? 계속하라고, 계속 말이야.

사무실은 적막한 골목 같았다. 창밖에선 자동차 경적과 광포하게 달리는 오토바이와 구급차의 다급한 신호음이 간헐적으로 들려왔지만, 그는 사무실이 적막한 골목 같다고 생각했다. 그 느낌이 뜻밖의 위안을 가져다주었다. 그는 미스터 장의 자리에 미스터 장이 없다는 걸 모르지 않았다. 그렇기 때문일까. 미스터 장에게, 아니 꼭 미스터 장이 아니라도 누군가에게 이야기를 하고 싶었고, 사실은 한 시간 삼십 분 정도 이어진 기나긴 점심식사에 대해 털어놓고 싶은 마음이 간절했다. 누구든지 지나가는 사람의 소맷자락을 붙들고 하소연하는 심정으로. 그는 울려대는 구급차의 돌아가는 신호등처럼 다급하게 목소리를 냈다.

이봐, 날 비웃지 말아줘. 이 모든 게 그 망할 작곡가 때문이야. 내가 무슨 수로 그 작자의 괴로움을 알겠어. 그랬지, 난 점심식사로 안심스테이크를 먹었지. 디저트로는 향긋한 재스민차를 마셨어. 그러곤 또 등심스테이크를 주문하지 않았겠어? 푸른 술병이 잔뜩 꽂힌 진열대 앞에서 보초병처럼 뻣뻣하게 서 있던 웨이터가 나에게 다가와 말했지. 손님, 무엇을 도와드릴까요? 나는 등심스테이크, 빨리 갖다 주세요! 하고 화를 벌컥 내는 사람처럼 말했어. 물론 나는 나중에서야 알았지. 시저샐러드 그리고 구운 마늘과 버섯을 곁들인 안심스테이크를 모조리 먹고도 구운 양파와 발

사믹 소스를 곁들인 등심스테이크를 또 주문했다는 사실을 말이야. 다시 말하면, 그 웨이터가 등심스테이크를 담은 접시를 식탁 위에 내려놓을 때 내가 그걸 주문했다는 걸 알았단 말이야. 베토벤이 연신 같은 말을 하더군. 난, 억울해요. 난, 억울해요. 도대체 무엇이 억울하단 말이죠? 나는 손바닥으로 식탁 모서리를 탁, 치며 조금 큰 소리를 냈어. 이봐, 사람이 참는데도 한계가 있어. 나는 정말 참을 수 없었어. 하필이면 허다한 사람들 중 나에게 찾아와서는, 근데 미스터 장, 그 작자는 왜 날 찾아온 걸까? 어쨌거나 나는 그 작자 때문에 지금도 정신이 혼란스럽고 머릿속이 뒤죽박죽되어버렸을 뿐만 아니라 혼이 다 빠져나간 사람처럼 멍하단 말이야. 바로 세상사람들이 위대하다는 그 작곡가 양반 때문이지. 제기랄, 내가 얼마나 바쁜 사람인데, 자네도 알지? 나에게 그런 일이 생길 줄 어떻게 알았겠어. 나는 식사를 하면서 오후 스케줄을 머릿속으로 차분하게 정리한 뒤 다시 사냥을 계속할 참이었지. 아, 미스터 장, 나는 출근할 때마다 사냥터로 나가는 사냥꾼의 심정이 되곤 하거든. 그 작자가 말했지. 나는 악의에 차 있고 완고하고 인간을 혐오하는 악종 인간이 아니란 말이에요. 난, 억울해요. 도대체 무엇이 억울하다는 건지, 나는 그 반복되는 똑같은 말에 넌덜머리가 났어. 내가 약간 비웃음을 담은 목소리로 어깨를 움찔대며 그 작자의 말을 흉내 냈지. 난, 억울해요. 난, 억울해요.

그렇게 두 번 말한 뒤 다짜고짜 말했어. 이봐요, 위대한 작곡가 양반. 무엇을 도와드릴까요? 그때 짧은 머리의 잘생긴 웨이터가 등심스테이크를 담은 도자기 접시를 내 앞에 다소곳이 내려놓더군. 등심스테이크라니. 이봐, 미스터 장. 내가 아무리 세상이 다 알고도 남는 식탐가라지만 오늘 점심 메뉴로 신중하게 고른 안심스테이크를 먹고 또 등심스테이크를 시키는 개념 없는 사람은 아니란 걸 지금 자네에게 분명하게 말해두고 싶어. 아, 그렇게 날 쳐다보지 말아줘. 자네는 그냥 내가 하는 말을 한 자도 빼놓지 않고 귀담아 들어주기만 하면 좋겠어. 그냥 들어주기만 하면 된단 말이야. 그래, 지금 나에겐 내 이야기를 주의 깊게 들어줄 얌전하고 사려 깊은 친구가 필요한지도 모르겠어. 이상한 일이야, 사무실이 이렇게 조용하다니. 마치 산속 절간에 앉아 있는 기분인걸. 이봐, 창밖에서 무슨 소리가 들리지 않아? 소음이라고? 맞아. 분명 소음이지. 하지만 방금 저 소음 속에서 다른 어떤 소리를 들은 것 같은데. 웅얼웅얼하는 두서없는 중얼거림 같은 소리. 아니면 누군가 하소연하는 울음 섞인 소리. 나는 그 등심스테이크를 담은 접시를 보곤 어리둥절해서는 웨이터에게 말했지. 이봐요, 잘못 찾아왔어요. 그 등심 접시는 내 것이 아니에요. 나는 내가 주문한 안심스테이크를 먹었고, 당신은 그걸 똑똑히 보았고, 요리는 맛이 썩 좋았고, 그리고 나는 향기로운 재스민차를 마셨어요. 점심식사는 그것으로 충분해요. 누구라도 그렇겠죠. 나는 말이에요, 청력을 잃은 고통보다는 머리가 파괴되는 것 같은 극심한 편두통이 더 힘들었어요, 아시겠어요? 뒤이어 그렇게 말한 건 그 작곡가였어. 그러고는 그 미치광이 작곡가는 지치지도 않고 말을 지껄였지. 나는 나도 모르게 등심스테이크가 담긴 접시를 한 손에 받쳐 들고 얼뜬 표정으로 나를 내려다보고 있는 웨이터에게 이봐요, 그 등심 접시 그냥 내려놔요, 하고 격하게 말했어. 웨이터가 난감하다는 인상을 싹 지우곤 돌아서자마자, 나는 은빛 포크를 다시 집어 들었지. 망할 놈의 작곡가, 계속 떠들어대라지. 한편 나는 오기가 났던 것도 같아. 사업이란 게 말이야, 그렇지 않아? 내가 가진 건 오기라는 놈 하나밖에 없단 말이야. 그리고 어떻게 했느냐고? 너무 조급하게 굴지 말아줘. 오늘 점심식사 중에 있었던 일에 대해 자네한테 만큼은 남김없이 털어놓을 생각이니까. 그 미치광이 작곡가는 계속해서 말하고, 나는 계속해서 먹어댔지. 나는 먹어댔지, 계속해서 말이야. 이봐, 자네만큼은 날 비웃지 않겠지? 나도 이런 일은 처음이니까 말이야. 나는 그저 좀 전의 식사시간에, 왜 난데없이 그 작자가 나에게 찾아와 끊임없이 말을 해댔는지 그걸 알고 싶을 뿐이야. 하지만 여전히 머리가 혼란스럽고 도무지 정신을 집중할 수 없어. 도무지…… 집중할 수 없어.

그린은 뭔가를 계속해서 지껄여대고 싶은 충동을 멈출 수 없었다. 하지만 그는 점심식사로 먹은 음식의 과다한 양 때문에 아랫배가 무지근하고 트림이 나올 뻔해서 일단 여기서 멈췄다. 트림은 나오지 않았다. 불현듯 그는 소화력이 남달리 좋은 편이라 그쯤의 음식으로 체기를 느껴본 적이 없다는 걸 상기했다. 뒤이어 그는 쇳덩이라도 소화시킬 만큼 튼튼한 위장을 가졌을 뿐만 아니라 몸 전체가 하나의 탱크처럼 강하다고 자부해왔던 자신을 또 떠올렸다. 그러자 그는 그것이 곧 아무것도 아닌 일이라 생각되었다. 다른 날보다 조금 더 과식했을 뿐인데 유난 법석을 떠는 자신이 조금은 우습게 여겨졌다. 그러자 또 뜬금없이 베토벤을 만난 일도 크게 대수롭지 않게 넘어가야 되는 것이 아닌가, 하는 생각이 머릿속을 지나갔다. 죽은 지 이백 년도 넘은 자가 무덤 속에서 뛰쳐나와 그를 찾아온 것은 명백히 그의 잘못이 아니었기 때문이다. 그것은 마치 꿈같은 일로, 실제로도 황당무계하고 말도 안 되는 꿈이 그의 수면 속으로 찌르고 들어와 깊은 잠을 방해하곤 했으니까 말이다. 잠에서 깨어나면 불유쾌한 장면들을 애써 별것 아닌 걸로 치부해버리고, 그러면 옷깃에 묻은 먼지 하나쯤 터는 것 같은 가벼운 기분이 들지 않았나? 그는 꿈에서 나타나는 셀 수조차 없는 고통스러운 장면들에 대해 고민하거나 심히 분노하거나 의미를 만들어본 적이 없다는 걸 새삼스레 떠올렸다. 꿈은 어디까지나 꿈으로 치부하면서 현실에서 벌어진 말도 안 되는 일에 대해 너그럽게 생각하지 못할 이유는 없었다. 다시 말하면, 꿈은 수면 속에서만 존재하는 게 아니라 현실에서도 만날 수 있는 평범한 일인지도 몰랐다. 평범한 일이라고? 그는 방금 우연하게 만난 '평범한 일'이란 말이 썩 마음에 들었다. 모든 건 생각하기 나름이었다. 그렇게 생각하자, 그는 안심이 되었다.

점심식사 뒤에 찾아오곤 했던 잠깐의 나른한 졸음, 그는 그 졸음 같은 휴식이 그리웠다. 모처럼 그 그리움을 따라가고 싶었다. 의자에 앉아 있어 꺾어진 상체와 하체를 최대한 비스듬히 늘어뜨렸다. 양손은 바지 위에 아무렇게나 놓아두었다. 문득 충분히 이완된 몸을 두 눈으로 내려다보았다. 그제야 비로소 아침에 명쾌하게 고른 네이비 재킷과 그레이 카디건과 블루 톤의 넥타이가 아니란 걸 발견했다. 누구에게도 뒤지지 않는 패션감각으로 아내와의 상의도 필요 없이 색상을 잘 매치시킨 패션이 아니었다. 특히 네이비 재킷 안자락이 늦가을 바람에 살짝 들쳐지면 화려한 레드 색상과 만나게 되어 있어, 낙엽 진 거리에 잘 어울릴 거라고 생각했었다. 그는 깜짝 놀랐다. 아, 이게 어떻게 된 일이지? 다급히 의복 여기저기를 훑어보았다. 그의 육체를 둘러싼 의복은 검은색 웃저고리와 검은색 바지 그리고 폭이 좁은 검은색 넥타이였다. 그는 그 검은색 의복을 믿을 수 없었다. 그 의복은 작년 겨울에 새로 구입한 것인데, 문상을 가기 위한 용도로 따로 마련한 것이었다. 그는 오늘 스케줄 중 문상을 가야 하는 일이 있는지 생각해보았다. 그가 알기로 그럴 일은 없었다. 그는 자신의 옷차림이 너무나 기막혀서 입이 딱 벌어졌다. 도대체 어찌 된 영문인지 그는 알 수 없었다. 그는 셔츠 옷깃에 개성 없이 묶여 있는 검은색 넥타이와 아무 의지도 없어 보이는 두 다리를 감싼 검은색 바지에서 눈길을 떼지 못했다.

어떤 일에 대해서 당장 해결이 가능하지 않은 경우에 따라오는 체념 같은 감정. 그 감정이 그의 혼란스러운 감정을 뚫고 들어왔다. 그는 그 문제를 심각하게 여기지 않기로 했다. 하긴, 오래전에 죽은 작곡가를 우연치 않게 맞닥뜨린 일에 비하면 그깟 일은 문제 삼을 일도 아니지 않을까? 그는 그렇게 결론을 내렸다. 그러자 조금쯤은 마음이 여유로워졌는데, 불행하게도 그것은 잠깐 동안이었다. 의자 아래로 축 늘어진 두 다리를 발견한 그는 숨을 탁 멈췄다. 의자 밑에서 흐느적대는 두 다리가 품위 없어 보였기 때문이다. 창이나 활과 잘 어울리는 헤라클레스 못지않은 두 다리가 느즈러져서는 이리저리 흔들리는 모습이 그의 시선을 사로잡았다. 나무에 매달아놓은 것처럼 맥없이 늘어진 두 다리에 시선을 고정시켰다. 고급스러운 검은 천으로 잘 감추어놓은 두 다리의 실체가 눈앞에 훤히 잡혔다. 두 다리를 이처럼 눈여겨본 적이 없었다. 흐느적대는 건 검은색 바지가 아니라 육체를 이루고 있는 두 다리임을, 그는 알았다. 두 다리엔 땀구멍마다 길고 굵은 터럭이 웃자란 풀밭처럼 잔뜩 매달려 있었다. 양복바지는 언제나 그것들을 잘 감추어놓을 줄 알았다. 털북숭이 다리를 감싸고 있는 윤기 나는 검은색 바지가 무슨 음모처럼 느껴졌다. 그는 굵고 힘세고 털북숭이인 두 다리를 남의 것인 양 낯설게 바라보았다. 그러다가 무심결에 오른쪽 허벅지에 손바닥을 갖다 대었다. 고통이 느껴졌다. 오른쪽 허벅지 안쪽에 생겨난, 아직 고름이 잡히지 않은 밤톨만 한 붉은 종기 하나를 떠올렸다. 그는 새된 목소리를 질렀다.

이봐, 친구, 그렇지 않아? 우린 종종 남의 무덤 옆을 아무렇지도 않게 지나치지 않는가 말이야. 그런데, 설령 무덤 속에서 잠자고 있던 자를 만났다 해서, 그게 뭐 어쨌다고?

그린은 점심식사 때 우연히 만난 작곡가로 인해 혼란스러웠던 일에 대해 일단락을 지었다. 별것 아닌 일에 연연하는 건 그의 습관이 아니었다. 마음을 다잡고 길게 늘어뜨린 몸을 다시 각을 세워 긴장시켰다. 그러고는 바지 위에 아무렇게나 놓아둔 양손을 책상 위에 가만히 내려놓았다. 신에게 경배하듯 또는 죽은 자를 위해 묵념하듯, 숙연한 마음으로 부동의 자세를 취했고 얼굴엔 고즈넉한 표정을 담았다. 책상 앞에 앉아 막 업무를 시작하기 전엔 어떤 경건함을 느끼곤 했는데, 지금이 그랬다. 그는 사무실에서 완전한 자신을 되찾은 기분을 느꼈다.

　그는 이제 밀린 잡무를 처리하기 전에 책상 위에 어지럽게 널려 있는 잡다한 것들을 정리하지 않으면 안 되었다. 담배꽁초가 쌓여 있는 재떨이라든가 마시다 만 커피잔이라든가 헝클어진 서류들이라든가 시계 문진이라든가 딸아이가 선물이랍시고 건네준 그림엽서라든가 틈날 때마다 읽고 있는 『불황의 경제학』이라든가 구겨진 신문지 따위였다. 그는 그것들을 의아한 눈빛으로 바라보았다. 어지러운 책상을 그냥 놔둔 채 외출하는 법이 없는 그로선 당연한 일이었다. 아무리 바쁘더라도 외출하기 전, 책상을 정리하는 걸 잊을 만큼 산만하고 허둥대는 일은 없었다. 그건 그 자신도 잘 알고 있는 사실이었다. 얼결에 책상을 정리하는 걸 깜빡 잊은 것인지, 분명히 정리하고 외출했는지 곰곰이 되짚어보지 않을 수 없었다. 하지만 좀체 기억나지 않았다. 복잡한 일도 아니고, 생각해보면 분명하게 드러나는 단순한 일인데, 기억나지 않았다. 문득, 짜증이 일었다. 책상 위 물건들에 가 있던 시선을 신경질적으로 접고는 아무 곳이든 상관하지 않고 시선을 돌렸다. 그의 눈길이 멈춘 곳은 딱히 그 어디도 아니고 그 어느 사물도 아니었다. 책상에서 떠나버린 눈길은 곧 의미를 잃어버렸다. 어떤 의미를 담지 않은 그의 눈빛은 어디든 마구 돌아다녔다. 그는 그런 자신을 그냥 내버려뒀다. 정말 휴식이 필요한지도 모르겠군. 그제가 어제이고, 어제가 오늘이고, 오늘이 내일일 것임에 분명한 반복되는 일상 속에서 자신이 꽤 지쳐 있는 것인지도 모른다는 생각이 들었다. 그러자 어쩐지 삶에 지쳐 있는 것 같은, 몽유병 환자처럼 멍하면서 슬픔에 잠겨 있고 무엇을 하소연하는 듯한 베토벤의 음울한 눈빛이 떠올랐다. 그 작자와의 우연한 만남이 불길한 징조가 되지 않기를 바랐다. 그는 사무실의 공기가 들썩일 정도로 한숨을 크게 내쉬었다. 그때 이곳저곳으로 불안하게 떠돌던 그의 눈길이 다시 책상으로 돌아왔고, 그 책상 위에 놓여 있는 구겨진 신문에 그의 시선이 멈췄다.

그는 오전 여덟 시에 자동차를 몰고 근무처에 도착하면 우편함에 꽂혀 있는 신문을 빼 들고 엘리베이터에 타는 것으로 그날 하루를 시작했다. 그는 책상 앞에 앉고는 맨 먼저 경제란을 꼼꼼히 챙겼는데, 특히 미국 달러의 환율 시장은 그의 큰 관심사였다. 환율에 따라서 그가 하고 있는 비즈니스에 크고 작은 변동이 생기기 때문이었다. 오늘 아침에도 글자 하나 빼먹지 않고 경제란을 살폈다. 그러던 중 거래처에서 전화가 걸려오는 바람에 책상에 대충 내던져놓은 신문이었다. 그런데 그 신문을 계속해서 읽을 마음이 내키지 않았다. 뭔가를 계속해서 하기에는 기운이 빠져 있는 상태였다. 그는 신문에다 의미 없는 눈길을 깊이 주었다. 그러던 중 신문 하단에 있는 대수롭지도 않은 '일기예보란'에서

호른 비슷한 소리를 들었다. 그 소리가 그의 의지와는 상관없이 귓바퀴를 타고 레코드판이 돌아가듯 돌고 있었다. 단박에 그 소리의 정체를 알아냈다. 바람 소리였다. 그는 자신의 귀를 의심했다. 하지만 정말 바람 소리가 윙윙 소리를 내며 그의 귓바퀴를 돌고 있었다. 잠시 뒤, 일기예보란에서 일종의 경고성으로, 그러나 누군가 장난스럽게 끄적거린 듯한 그림을 보았기 때문이 아닐까, 생각했다. 그 그림은 허리통이 대단한 어떤 나무가 바람에 뿌리째 꺾여 우지끈하고 부러지는 모습이었다. 그렇더라도 신문에서 바람 소리를 듣는다는 건 누가 봐도 정상이라 할 수 없었다. 결국 자신이 한순간에 머리가 돈 것이 아닐까, 불안해지기까지 했다. 그는 일기예보란에서 눈을 떼려 했지만 그의 두 눈은 그 그림을 완전히 외면하는 데 실패했다. 상체를 뒤로 밀고는 두 눈을 비뚜름하게 한 채 자신이 사는 지역을 흘끔 찾았다. 거기엔 이렇게 적혀 있었다.

○○시의 오늘 날씨: 북서계절풍의 영향을 받아 변화무쌍한 날씨를 보이다가 저녁 즈음 큰 바람이 불어닥칠 전망. 풍속은 50~61(km/h). 바람의 세기는 나무의 잔가지들이 부러질 수 있고 자동차가 도로 위에서 길을 벗어날 수 있을 정도이므로 피해 없도록 대처할 것. 특히 바람 속에서 걷기가 쉽지 않으니 일찍 귀가하

는 게 좋을 듯.

그는 오늘의 일기예보란 밑에 따로 마련한 '나도 유머 한마디' 코너에 게재된 어느 개그맨의 짧은 글도 읽었다.

어느 날 A씨와 B씨는 평상시보다 일찍 귀가하기로 했다. 두 사람은 어깨를 나란히 하고 빌딩을 나섰다. A씨가 옷깃을 올리며 B씨에게 말했다.
A씨: 오늘 저녁, 큰 바람이 분다는군. 어째 무섭고 으스스해지는걸.
B씨: 더 무섭고 으스스한 건 마누라일세.

그는 웃지 않았다. 아무 생각 없이 읽었을 뿐이다. 표정 없는 얼굴로 '나도 유머 한마디' 코너 밑에 있는 '날씨 이야기'란도 내처 읽었다.

차가운 바람이 많이 불거나 갑자기 차가운 날씨에 노출되면 몸의 혈액 순환에 문제가 생겨 뇌혈관이 압축과 팽창을 반복하면서 통증이 유발되는 편두통을 앓기도 하고, 낮은 기온이 동맥을 수축시키고 피의 흐름을 억제해서 심장으로 가는 혈액 공급을 떨어뜨려 심장발작 또는 뇌졸중을…….

　편두통이라고? 편두통이라면 잘 몰랐다. 그는 아스피린이나 게
보린 같은 걸 먹어본 적이 없었다. 편두통 때문에 고통스러웠을
뿐 자신은 악종 인간이 아니라고 거듭 항변하던 작곡가가 다시
떠올랐다. 그 작곡가는 몽유병 환자처럼 이리저리 떠돌다가 차가
운 바람이 많이 불거나 갑자기 차가운 날씨에 노출된 탓에 극심
한 편두통에 걸린 게 아닐까? 신문은 계속해서 찬바람이 쌩쌩 부
는 소리를 냈다. 제법 공기가 차디찬 늦가을이었다. 십일월의 마
지막 수요일, 배달원이 우편함에 꽂아놓고 간 신문은 새벽에 불
었을지도 모르는 찬바람을 잔뜩 맞고 게다가 온몸이 추위에 노출
된 나머지 검은 활자가 새파랗게 질리고 움츠러들어서는 꼬불탕
해 보였다. 그 꼬불탕한 활자들이 자신을 못 알아볼까 긴장하고
있는 듯했다. 어쨌거나 찬바람을 실컷 맞고 자신에게로 왔을지도
모르는 그 신문에서 바람 소리를 들었다. 그것만은 틀림없는 사
실이었다. 불현듯 자신도 이해할 수 없는 낯선 경험, 그러나 누구
에게도 말하기엔 특별하달 것도 없는, 유쾌하지도 불유쾌하지도
않은 경험에 대해 더 이상 집착하지 않기로 했다. 그는 들고 있던
신문을 책상 위에 던지고는 자리에서 제꺽 일어났다. 그러고는
창가로 다가갔다.

그는 삐죽삐죽 서 있는 빌딩 위로 의뭉스럽게 깔려 있는 진회색 구름을 바라보았다. 그 빌딩들 아래쪽도 내려다보았다. 여전히 길 위에는 사람들이 많았다. 어제도 그랬듯 사람들이 길 위를 걸어가고 있었다. 길은 걷고 있는 사람들이 없다면 아무것도 아닐 것 같았다. 그는 시선을 멀리 또는 가까이에 던지며 어제와 마찬가지로 아무 일 없이 모든 게 그대로인 사실에 마음이 놓였다. 거리에는 바람이 불고 있었다. 사람들의 옷자락이 흩날렸다. 아니, 어쩌면 바람은 불지 않을지도 몰랐다. 저녁 즈음에 제법 바람이 세게 불 것이라는 일기예보를 그는 잊지 않았다. 그러자 거리를 활보하고 있는 사람들의 어깨에 쉼 없는 수고의 짐이 달려 있어 그 무게를 견디지 못해 휘우뚱하는 것이라고 생각을 고쳤다. 그들은 바삐 걸어갔다. 삼십칠층에서 내려다보는 거리는 새까만 머리들이 온갖 색깔들에 얹힌 채 강물처럼 흘러가는 것 같았다. 큰 바람이 일고, 강물이 빌딩에 부서지며 철썩철썩 소리를 내는 광경이 떠올랐다. 그는 공연히 부아가 났다. 할 일이 없고 시간만 많은 사람들이나 할 만한 쓸모없는 공상을 하고 있다는 생각이 들어서였다. 그는 그런 사람들을 탐탁하게 여기지 않았다. 무슨 결심을 한 뒤 곧바로 행동에 옮기려는 사람처럼 의자 등받이에 걸려 있는 검정색 모직 반코트를 빠르고도 절도 있게 집어 들었다. 그리고 사람들이 들끓는 멋들어진 도시의 거리에서 자신도 익명의 한 사람이 되고자 밖으로 나갔다. 그들 틈 속에 있으면, 그는 온전한 자신이 된 느낌이 들었다.

그는 걸었다. 어치렁어치렁 걸었다. 바람은 없었다. 사람들이 오갔다. 그가 처음으로 본 사람은 얼굴이 검은 잔주름으로 뒤덮여 있고 쪼글쪼글한 입술 사이로 쩝쩝, 하는 소리와 걀걀, 하는 소리를 번갈아내며 지나가는 등이 굽은 늙은이였다. 그다음은 한 손에 노란 깡통을 들고 행인에게 성큼 다가가서는 한 푼만 도와줍쇼! 천 년 만 년 복받을 겁니다! 하며 꼬질꼬질한 손을 벌리고 헤벌쭉 웃고 있는 까만 안경을 쓴 거지였다. 나이를 짐작할 수 없는, 얼굴이 새빨간 여자를 세번째로 보았다. 댕강, 목이 잘려 나간 얼굴에 초점 없는 눈을 크게 벌린 여자 마네킹 앞에서였다. 구불거리는 녹색의 긴 머리카락 옆으로 역시 절단된 유방 하나가 나뒹굴고 있어서 한쪽 유방만 가슴에 달고 있는 그 마네킹은 두 다리를 벌린 채 옷 가게 윈도 안에서 나동그라져 있었다. 얼굴이 새빨간 여자가 술에 취한 듯 비틀거리더니 그 마네킹 앞에서 고꾸라졌다. 여자 마네킹은 벌거벗은 몸이었다. 그는 알몸의 여자 마네킹을 본 적이 없었다. 그의 눈에 띈 사람들은 여느 날의 사람들과는 달랐다. 좀 전에 사무실에서 내려다봤을 때, 그가 품었던 대도시 사람들의 세련되고 활기에 찬 이미지가 아니었다. 그는 눈살을 찌푸렸다. 거리로 나설 때 시야가 확 트이며 펼쳐지던 매혹적인 거리에, 그들은 잘 어울리지 않았다. 우연히 포착된 그 사람들이, 그는 결코 마음에 들지 않았다. 목과 유방 하나가 절단된 채 나뒹구는 마네킹이 있는 옷 가게를 끼고 있는 골목길로 얼른 돌아섰다. 눈살을 찌푸리게 하는 이질적인 그 무엇을 보는 게 께름칙해서는 아니었다. 어떤 물건을 구매하고픈 충동이 강하게 일었는데, 그것이 정확히 무엇인지 몰랐다.

그 골목길을 따라 쭉 들어가면 수많은 골목으로 얽혀 있는, 일명 '가로수길'이 있었다. 가로수길은 그 골목을 시작으로 온갖 가게들이 밀집되어 있었다. 가로수길엔 이상하게도 가로수가 없었다. 가게들 간판을 가릴 수 있다는 우려에서 비롯된 것인지도 몰랐다. 감각적인 간판과 다양한 건물 색으로 늘어서 있는 가게들은 트렌디한 패션피플이 즐겨 찾는 곳으로 제대로 길을 걸을 수 없을 만큼 번화한 곳이다. 가게의 특징을 담은 벤치마킹된 세련된 간판들을 가게 바깥 기둥에 흔들리게 매달아놓아서 그것만으로도 재미있는 구경거리였다. 시계 가게에는 시계 모양의 간판이, 우산 가게에는 우산 모양의 간판이, 구두 가게에는 구두 모양의 간판이 흔들거렸다. 가로수길은 마치 호두 속처럼 복잡하게 얽혀 있는 데다 끝도 없었다. 길이 끝났는가 싶으면 새로운 길이 나타났고, 그 길이 끝났나 싶으면 또 다른 길로 이어지고, 이 길과 저 길이 어슷비슷해서 간혹 길을 잃는 이들도 있었다. 심지어는 그

가로수길이 무섭다고, 두렵다고, 공포스럽다고 말하는 이들도 있었다. 그러나 관광객 유치를 위해 근간에 이루어진 도시계획의 일환으로 세심하게 공들여 디자인한 결과물로서, 알고 보면 지도만큼이나 찾기 쉬운 공간이란 걸 기억력이 괜찮은 사람들은 다 알았다. 그도 그 골목길을 여러 번 누비고 다닌 적이 있는데, 쇼윈도의 물건을 대충 봐도 반나절을 몽땅 쓰고도 모자랄 정도였다. 가로수길을 방문한 지는 꽤 되어서, 그는 살짝 기분이 들떴다. 기분 전환이 필요했다. 절실하게 필요한 건 휴식이 아니라 기분 전환인지도 모른다고 생각했다. 그는 중얼거렸다. 그래, 기분이 좀 달라질 거야. 올망졸망 늘어선 예쁜 가게들 사이를 걷다 보면 기분이 한결 나아질 거야.

그는 초콜릿 가게를 지났다. 구두 가게를 지났다. 유리로 만든 장식품 가게를 지났다. 다음은 특이한 모양의 인형 가게였다. 윈도 안, 진열대에서 깜찍한 인형과 요망한 인형들이 여러 가지 재미있는 표정을 얼굴에 달고 그에게 아양을 떨며 반겼다. 그는 인형들의 포즈가 너무나 귀여워 시선을 떼지 못하던 중 딸아이가 생각나서 하나 살까 망설였다. 하지만 딸아이는 아이답지 않게 인형을 좋아하지 않았다. 좋아하지 않는 걸 굳이 선물하다가는 오히려 딸아이의 기분을 망쳐놓을 수 있었다. 그는 걸음을 옮겼다. 케이크 가게와 화장품 가게와 그릇 가게를 지났다. 다른 골목으로 건너가 옷 가게와 보석 가게와 파스타 가게를 지났다. 그다음 오른쪽으로 이어지는 골목은 카페촌이었다. 언젠가 화장품 가게에서 스킨과 로션을 산 뒤 모퉁이 카페에서 하얀 거품이 입술을 부드럽게 적시는 카푸치노를 마신 기억이 났다. 그렇게 맛난 커피는 처음이었다. 커피 향이 콧속으로 그윽하게 스며들어와 설명할 수 없는 어떤 좋은 기분을 맛보게 해준 모퉁이 카페의 카푸치노 한잔이 그리웠다. 게다가 모처럼 카페의 노천 테이블에 앉아서 사진이라도 한 장 찍고 싶을 만큼 근사한 모델이 된 것 같은 느낌을 만끽해보고도 싶었다. 그는 모퉁이 카페로 가는 중 가로수길에서 무엇을 사야 하는지를 완전히 망각해버렸다. 골목에 줄지어 있는 노천 카페들 중 첫번째에 위치한 모퉁이 카페로 갔다. 그 카페 역시 변함없이 그곳에 있었다. 노천 테이블 중 하나를 골라 앉았다. 그는 당연히 카푸치노를 주문할 생각이었다.

그런데 십 분이 지나도 주문하러 오는 종업원이 아무도 없었다. 주문하러 오는 종업원이 없을 뿐만 아니라 야외 테이블이 텅비어 있다는 것도, 그는 함께 알았다. 가게 안의 테이블도 마찬가지였다. 그 옆, 카페의 노천 테이블도 똑같았다. 다음에 있는 카페도 다를 게 없었다. 개미 새끼 한 마리도 없었다. 그는 그때서야 목과 유방 하나가 절단된 채 나동그라진 마네킹이 있는 옷 가게를 끼고 있는 골목길로 들어선 뒤 한 사람도 본 일이 없다는 걸 기억해냈다. 그는 계속해서 기억을 리와인드했지만 결과는 같았다. 골목길은 끔찍하게 조용했다. 모든 게 아무 일 없이 그대로 있는데 완전히 텅 비어 있었다. 손님들이 없다면 가게는 아무런 쓸모가 없는 것이었다. 골목길을 다니는 사람이 없다면 그 골목길은 존재할 이유가 없었다. 골목길은 차갑게 멈춰져 있었고, 생기가 빠져나간 얼굴과도 흡사한 표정을 짓고 있었다. 마치 어떤 가면을 쓰고 뭔가를 말하고 있는 듯했다. 지금까지 사는 동안 네가 지은 죄를 낱낱이 고하라고 요구하는 것 같았다. 그는 벌을 받는 느낌이 들었다. 그는 사람 하나 얼씬대지 않는 골목길이 섬뜩했다.

그린은 자리에서 일어났다. 그러고는 엉거주춤한 자세로 주위를 한 바퀴 둘러보았다. 역시 사람들이 보이지 않는 그 공간엔 불길한 침묵만 흐르고 있었다. 그 광경이 너무나 낯설어서 차라리 바람이라도 불었으면 좋겠어, 하고 생각했다. 하지만 바람은 일 기미조차 없었다. 바람은 저녁 즈음에나 찾아온다고 한 일기예보가 떠올랐다. 어쨌거나 그는 다시 발길을 돌려야 했다. 카페촌을 등 뒤로하고 다른 방향을 찾았다. 그때 그의 머릿속으로 어디서 본 것 같은 사람들이 들어와 걷고 있었다. 가만 보니 사무실에서 밖으로 나온 뒤 그의 눈에 띄었던 사람들이었다. 얼굴이 검은 잔주름으로 뒤덮여 있고 쪼글쪼글한 입술 사이로 쩝쩝, 걀걀 소리를 번갈아 내던 늙은이가 처음으로 나타났다. 한 손에 노란 깡통

을 들고 한 푼 도와줍쇼! 천 년 만 년 복받을 겁니다! 하며 꼬질꼬
질한 손을 벌리고 헤벌쭉 웃고 있는 까만 안경 거지가 그 늙은이
뒤를 따라갔다. 그리고 술에 취한, 나이를 짐작할 수 없는, 얼굴이
새빨간 여자가 까만 안경 거지 뒤에서 마구 비틀거렸다. 그 세 사
람이 자신의 머릿속으로 들어와 천연덕스럽게 걷고 있어서, 그는
눈살을 찌푸리면서도 계속해서 그들을 응시했다. 그는 곧 그 사
람들을 머릿속에서 지웠지만 이 텅 빈 골목길에 하다못해 그 사
람들이라도 지나갔으면 하는 생각을 잠깐 했다. 그는 걸었다. 또
걸었다. 문득 걸음을 멈추곤 어느 가게 안을 들여다보았는데 물
건을 파는 점원조차 보이지 않았다. 그 가게 안의 물건들은 견딜
수 없는 사람들의 표정 같았고 우리는 아무것도 할 수 없어요! 하
고 하소연하는 듯했다. 사람들이 없는 골목길도 지루했다. 아무것
도 할 수 없는 골목길이었다. 그리고 가도가도 똑같은 골목길이
었다. 끊임없이 반복되는 골목길이었다. 이 골목길에서 아무것도
할 수 없다는 걸 또 깨닫고는 그만 돌아가야 해, 하고 자신에게 타
이르듯 말했지만 어쩐지 두 다리가 말을 듣지 않았다. 두 다리가
그의 의지와는 상관없이 자석에 끌리듯이 앞으로 나아갔다. 앞으
로 나아가는데도 좀 전에 만난 골목길과 다시 만나기도 했다. 그
는 그것이 이상했다. 평소에는 아무렇지도 않았던 일인데, 그 아
무렇지 않은 일 때문에 헤아릴 수 없는 두려움을 느꼈다. 그는 손

목시계를 들여다보았다. 시곗바늘은 오후 두 시 사십 분을 가리키고 있었다. 그러고 보니 어제와 똑같은 시간이었다. 그 시간까지도 수상하게 여겨졌다. 시간은 뒤로 흘러가는 법이 없었다. 시간은 앞으로 끊임없이 흘러가는데, 언제나 시간을 확인하면 어제와 똑같은 시간이었다. 빌어먹을. 그는 평소의 익숙한 감정 상태에서 이탈되어 있는 낯선 감정을 지금처럼 만나본 적이 없었다. 그는 자포자기한, 또는 반쯤 미친 사람처럼 휘청거리며 지그재그로 걷기 시작했다.

그가 극심한 갈증을 느낀 건 내추럴 아이스크림 가게를 지날 때였다. 그는 아이스크림을 좋아하지 않았지만 한 스푼의 시원한 아이스크림을 떠올리자 어렴풋한 위안을 받았다. 특히 피스타치오 향 아이스크림을 한 스푼 떠서 입에 쏙 넣으면 생의 모든 갈증이 해소될 것 같았다. 그는 주저 없이 아이스크림 가게로 갔다. 아이스크림 가게 역시 안이 어두컴컴했다. 우선 이마를 가게 유리창에 갖다 대었다. 텅 비어 있었다. 색색의 아이스크림을 담은 투명한 진열장만 그의 눈에 차갑게 들어왔다. 평소의 체면 따위는 버리고 아이스크림 가게 문을 탕탕 두드렸다. 여보세요! 여보세요! 곧 겨울이었다. 뼛속까지 느껴지는 찬 기운과 골목의 을씨년스러운 풍경이 겨울이 머지않았다고 예고하고 있었다. 그렇다고 그런 이유로 아이스크림 가게가 문을 닫을 이유는 없었다. 하지만 응답이 없었다. 응답이 없는 아이스크림 가게. 비뚤배뚤하게 놓여 있는 빈 의자들. 손님도 없고 점원도 없는, 어둠만 고여 있는 아이스크림 가게. 그 아이스크림 가게는 문이 닫혀 있었다.

그는 또 하나의 골목길을 걸어갔다. 아무것도 할 수 없는 골목길은 무료했다. 촘촘하게 깔아놓은 석재 보도블록이 빙빙 돌았다. 앞을 봐도 바닥을 봐도 어지러웠다. 눈의 피로까지 겹치는 바람에 걷기 쉽지 않아서 자꾸 몸이 기우뚱거렸다. 얼마나 걸었을까, 뒤에서 커다란 검은 천 같기도 하고 육중한 황소 같기도 한 것이 바람결처럼 다가오는 것 같았다. 그는 머리카락이 주뼛 섰다. 혹시라도 발굽 소리가 들리는지 귀를 세웠지만 아무 소리도 들리지 않았다. 대신 바람 소리 같기도 한 것이 시커먼 물체와 함께 자신을 덮쳐오는 것 같아 그는 몸을 오그라뜨렸다. 황소가 아니라면 황소 같은 괴물일지도 몰랐다. 그는 몸이 얼어붙는 것 같아서 뒤를 돌아볼 수 없었다. 정말 그런 괴물을 만나기라도 하면 큰일이었다. 그런 생각이 들자, 텅텅 비어 있는 골목길이 공포스러웠다. 그 공포감이 몸속 안의 것들을 바짝 말려버린 듯 모래 알갱이들이, 아니 몸속에는 아예 아무것도 없는 것처럼 허허로웠다. 속이 울렁거렸다. 몸이 무중력상태로 공중에 떠다니는 것 같았다. 만약 그런 일이라도 생긴다면 아무도 도와줄 사람이 없는 길이었다. 자신을 본 사람이 없으니 당연히 기억하는 사람도 없을 것이고, 그러면 증언해줄 사람마저 꿈꿀 수조차 없는 길이었다. 그는 기진맥진 걸으면서도 그 생각에 매달렸는데, 그 생각을 길바닥에 내버리기까진 많은 시간이 필요했다. 걷고 또 걸어도 그는 혼자였다. 혼자뿐인 골목길을 그는 유령처럼 떠돌아 다녔다.

얼마나 시간이 흘렀을까. 그는 이제 돌아가야 한다고 생각했다. 여행을 떠나면 반드시 집으로 돌아오듯이, 그는 사무실로 돌아가고 싶은 마음이 굴뚝같았다. 그는 상점들이 조밀하게 붙어 있는 가로수길을 찾은 이유를 생각했지만 떠오르는 건 아무것도 없었다. 행인들이 많았던 가로수길엔 거짓말처럼 그 풍경들이 사라져버렸다. 사람들의 흔적을 발견할 수 없었다. 어쩌면 처음부터 그런 풍경은 없었는지도 몰랐다. 그러면 그때 본 풍경들은 무엇이었을까. 너무 지친 나머지 더 이상 생각하는 게 힘들었다. 이제 밖으로 나와야 한다고 생각했다. 사람의 흔적이 완벽하게 사라진 길에서 그는 출구를 찾았다.

하지만 출구는 없었다. 그는 길을 잃었다는 걸 알았다. 어린아이처럼 말이다. 걷고 있는 길 끝에서 무엇이 다가오는 것 같아 그것을 쫓아가면 또 다른 골목길이 튀어나왔다. 그 길 끄트머리에서도, 또 다른 길 끄트머리에서도 골목은 침묵으로 다가왔다. 하지만 계속해서 어떤 말을 걸어오는 듯했다. 하지만 말이 없는 침묵이었으므로 그는 이해하지도 알아듣지도 못했다. 아, 이거 낭패

인걸. 그는 끊임없이 중얼거리며 출구 없는 미로 속을 헤매고 다녔다. 그러다 헤매고 다니게 만드는 건 가면을 쓰고 끊임없이 어떤 말을 걸어오는 듯한 수많은 골목길이 아니라 어쩌면 그 자신일지도 모른다는 생각이 얼핏 머릿속을 스쳤다. 미로 밖으로 나오려고 발버둥 치면 칠수록 계속 그 안에 갇혀 있었다. 그는 중얼거렸다. 아, 도대체 무슨 일인지 모르겠네. 뒤이어 그는 화들짝 놀라 말뚝처럼 섰다. 좀 전에 카푸치노를 마시고자 했지만 마실 수 없었던, 카페촌 골목으로 들어섰을 때였다.

그는 사람들을 보았다. 카페는 좀 전의 모퉁이 카페에서 백 미터 정도 직진하면 만나게 되어 있는, 끝 지점에 있었다. 좀 전과는 다른 방향에서 카페촌 골목으로 들어섰는데, 그가 한 번도 들어가본 적이 없는 카페였다. 화이트 톤의 벽에 꽃장식이 있는 둥글납작한 카페였다. 격자로 된 출입문의 유리창은 코팅되어 있어서 내부가 보이지 않았고, 그 옆으로 난 통유리를 통해 대여섯 사람이 담소를 나누는 장면을 볼 수 있었다. 그는 반가운 마음에, 울컥했다. 사람들이 없는 적요한 길에서 자신이 얼마나 외로웠는지를 깨달았다.

둥근 대리석 테이블에 둘러앉은 사람들은 세 쌍의 남녀였다. 그들은 중세시대의 로코코 의상을 떠올리게 하는 특이한 옷차림을 하고 있었다. 삼십대 중반쯤 돼 보이는 여인들은 머리를 지나치게 부풀렸고, 옷은 밝고 화려했으며 꽃이나 리본 또는 깃털이나 레이스 같은 장식을 하고 있었다. 목둘레선은 깊이 파여서 가슴이 많이 노출되어 있었고 소매나 팔꿈치부터 층층이 풍부한 주름레이스를 붙이고 있었다. 허리는 코르셋으로 조인 탓인지 지나치게 잘록했다. 허리 아래로는 크게 부풀린 치렁치렁한 스커트였는데, 전체적으로 어딘지 관능적이고 향락적인 분위기를 풍겼다. 남자들도 그랬다. 중세시대 그림에서나 볼 수 있는 귀족적인 옷차림으로 복잡하기만 했다. 그들은 까만 리본이 달린 가발을 착용했다. 그리고 조끼 차림에 허리는 약간 들어갔으며 엉덩이부터 단까지는 밖으로 자연스럽게 퍼져 나가는 실루엣이 특징이었다. 그들 모두의 옷차림은 가로수길에 드나드는 패션피플의 트렌디한 옷차림과는 너무나 동떨어진 것이라서, 그는 실소했다.

테이블엔 각자의 술잔이 놓여 있었다. 반짝이는 크리스털 둥근 잔에는 붉은 포도주가 들어 있는 것처럼 보였다. 낮술들을 마시는 모양이었다. 그는 유리창으로 주춤주춤 다가가 안을 들여다보았다. 그들의 담소를 엿듣기 위해서는 아니고 여인들의 하얀 이마가 매혹적이어서도 아니다. 하얗게 빛나고 있는 여인들의 풍부한 가슴이 탐욕스러워서는 더욱 아니었다. 유리창 안에서 양팔을 축 늘어뜨린 검은 정장 차림의 남자가 자신을 측은하게 바라보고 있었기 때문이다. 몸에 잘 맞게 재단된 검은 정장 차림의 남자가 지친 얼굴로 유리창에 유령처럼 붙어 어른거렸다. 그는 그 유령이 자신이라는 걸 알았다. 아직 해가 저물지도 않았는데 두둑하고 푼더분한 사각턱엔 다박수염이 성기게 돋아나 있었다. 피곤한 탓인지 입가의 근육도 축 늘어진 듯해 그는 자신이 마흔 살이란 걸 믿을 수 없었다. 축 처진 어깨 아래로 두 팔이 맥없이 덜렁거리는 검은 정장 차림의 남자의 꼬락서니가 우스꽝스럽다 못해 딱한 마음이 일었다. 딱히 그럴 이유도 없는데 왜 이 골목길을 헤매고 다녔는지 알 수 없었다. 목적지 없이 배회하기는 처음이었다. 길을 잃어 비참한 고아처럼 서 있는 웬 남자가 그곳에 서 있었다. 그 남자와 처음으로 악수를 나누고 싶은 심정이 되어 울먹거렸다. 추위로 파래진 오른손을 머뭇머뭇 내밀고는 유리창에 갖다 대었다. 십일월의 마지막 날, 아직 바람은 불지 않았고, 차가운 공기 속에서, 그는 따듯한 유리의 감촉을 느꼈다.

그는 이제 정말 돌아가야 한다고 생각했다. 그에겐 돌아가야 할 사무실이 있고 아내와 딸이 있는 집도 있었다. 더군다나 오후 일곱 시에 집에서 열리는 랍스터 파티가 기다리고 있었다. 하지만 선뜻 발길을 돌릴 수 없었다. 푸른 꽃수가 놓인 비단드레스를 입은 여인의 뱀 같은 두 눈이 그를 냉혹하게 쏘아보고 있었기 때문이다. 상대의 아픈 곳을 노골적으로 꿰뚫는 듯한 지나치게 날카로운 눈이었다. 그건 상대를 잘 알고 있는 사람만이 지닐 수 있는 눈빛 같았다. 그는 그 여인을 어디서 만난 적이 있었는지 기억 속을 더듬었지만 떠오르지 않았다. 그건 여인의 터무니없는 중세 풍의 옷차림이 제일 먼저 말해주고 있었다. 그 여인의 눈빛은 전혀 알지 못하는 타인의 눈빛으로 생경했다. 잠시 뒤, 그녀의 눈빛이 냉소 어린 눈빛으로 바뀌었다. 난 네가 오늘 점심식사로 무엇을 먹었는지 다 알고 있어! 그 여인의 입술이 조롱을 했다. 아내가 생각났다. 아내는 저렇게 사람을 깔보는 듯한 웃음을 지은 적이 없었다. 그런 웃음은 아내에겐 찾을 수 없는 것이었다. 비웃음은 차치하고라도, 아내는 결코 소리 내서 크게 웃는 법조차 없었다. 그래서 그는 아내가 어느 때 즐거워하는지, 행복해하는지 전혀 알 수 없었다. 여인이 낄낄 웃어댔다. 맞은편에 앉아 있는 굵은 컬이 들어간 가발을 착용한 남자에게 뭐라고 귀엣말을 건넨 뒤였다. 그는 그녀의 입 모양을 눈여겨보았다. 말소리는 들리지 않았다. 하지만 그는 입 모양으로 그녀의 말을 알아들었다. 등을 돌리고 앉아 있는 사람들까지도 몸을 비틀곤 그를 할긋거리며 수군댔다. 그들이 번갈아가며 말했다.

두 번의 점심식사!

안심스테이크와 등심스테이크라죠?

저 양반은 언제나 게걸스럽게 먹는다니까.

야만인!

재미있는 사람이야.

멍청한 돼지.

그들이 목젖이 훤히 보이도록 팔랑팔랑 웃었다. 그중에 푸른 꽃수가 놓인 비단드레스 여인이 입을 가장 크게 벌렸다. 아내가 웃고 있었다. 아니, 여인이 웃고 있었다. 그는 빈정거리는 그들의 말과 경멸 어린 눈초리에 크게 위축되지는 않았다. 극심한 갈증 때문이었다. 십일월의 냉랭한 공기 속에서 그는 목이 타들어갔다. 챙, 하는 발랄한 소리가 났다. 그들이 붉은 술이 찰랑거리는 탐스러운 크리스털 유리잔을 높이 들곤 건배를 했다. 깔깔 웃는 웃음소리가 그치지 않았다. 세상에서 가장 악명 높은 협구가들인지도 몰랐다.

그런은 술이 아니라 물 한잔이 그리웠다. 그는 의연하게 이겨내고 싶었다. 탱크처럼 강한 육체와 굽힐 줄 모르는 오기로 세상을 꿋꿋하게 버텨낸 한 인간이자 사업가잖아, 하고 생각했다. 차창 밖으로 밀려나는 흔하디흔한 풍경을 바라보듯 그들 곁을 무심하게 지나쳤다. 카페 출입문 앞에 섰다. 그 출입문엔 특이한 동물 모양의 쇠고리가 걸려 있었다. 그 쇠고리에 손가락 두 개를 끼워넣고는 힘껏 잡아당겼다.

카페 안에서 그가 처음으로 들은 건 음악이었다. 카페 안에서 그가 처음으로 본 건 염소였다. 알지도 못하고 들어본 적도 없는 여러 갈래의 선율이 풀어놓은 개 떼처럼 달려들어 그는 숨이 멎는 것 같았다. 얼굴선이 홀쭉한 염소 하나가 직립한 채 어깨를 펴고 당당하고 차분한 걸음으로 다가와 그를 맞았다. 얼굴은 염소의 형상이고 하반신은 사람의 모습이었다. 하얗고 긴 털옷 차림을 한 염소는 적당한 키에 단단한 체구였다. 염소의 머리엔 뿔이 달려 있지 않았고 일자형의 두 눈은 순해 보였다. 그래선지 공격성이 느껴지지 않았다. 염소는 하얗고 길쭉한 목에다 빨간 나비 넥타이를 조여 매고 있었다. 염소가 말했다.

무엇을 도와드릴까요, 손님?

염소가 당당히 선 채 양손을 아래로 모아 쥐고 두 발은 바닥에 굳건히 붙였다. 이곳에선 염소가 웨이터인 것 같았다. 그린은 그걸 이상하게 여기지 않았다. 그가 말했다.

이봐요, 인사법이 틀렸잖아요. 어서 오세요, 이게 맞는 말이잖아요?

아, 손님 말이 맞습니다. 하지만 손님은 정장을 입으셨군요. 아시겠지만, 오늘은 정장을 입은 사람은 출입이 금지되어 있습니다.

이봐요, 그게 무슨 소리죠? 정장을 입은 사람은 출입 금지라니. 난 금시초문이에요. 세상에 그런 카페가 어디 있죠?

오늘만 그렇다는 겁니다, 손님.

오늘만 그렇다고요?

그렇습니다. 일 년 중 하루뿐인데, 오늘이라는 걸 모르셨나 봅니다.

참 내. 매년 하루뿐이라고요? 그날이 오늘이라고요?

게다가 손님은 가면을 준비하지도 않은 것 같네요.

가면이라니. 웬 가면?

그는 염소의 두 눈을 바라보았다. 염소의 눈은 보통 염소의 흐리멍덩한 그것과는 달리 기민하고 또렷하게 빛났다. 게다가 오랜 시간 서비스업에 몸을 담아온 사람 못지않은 노련함과 깍듯함이 몸에 배어 있었다. 그는 문득 디오니소스의 꽁무니를 쫓아다녔다는 사티로스를 떠올랐는데 왜 떠올랐는지 분명치 않았다. 그러고 보니 생김새가 어딘지 닮아 보였다. 하지만 사티로스의 얼굴은 사람의 형상이고 하반신은 염소의 모습이다. 이 염소 웨이터와는 정반대로 생겼을 뿐이다. 그는 사티로스가 왜 떠올랐는지 알지 못했지만 사티로스 무리가 왜 디오니소스를 줄기차게 따라다녔는지는 잘 알았다. 그거야 물론 여러 이유가 있는데, 포도주를 마음껏 얻어 마실 수 있기 때문이기도 했다. 하지만 그는 포도주를 떠올리면서 생수 한잔을 원했다. 난방이 되어 있지 않아 냉기가 흐르는 카페였다. 주머니에서 손수건을 꺼내 이마에 맺힌 식은땀을 닦았다.

그러니까, 일 년 중 하루만 정장은 곤란하다, 이거로군요.

그는 이마를 닦아낸 손수건을 도로 주머니에 집어넣었다.

그렇습니다. 바로 오늘입니다, 손님.

그러니까 오늘은 특별한 날이라 이거로군요. 이봐요, 난 말이에요, 정장 차림이라는 이유로 출입 금지시키는 이유를 도통 모르겠어요. 내 정장이 그렇게 잘못 되었나요? 이봐요, 오늘이 무슨 요일이죠?

수요일입니다, 손님.

수요일이라고요?

그렇습니다.

그렇다면 이봐요, 지난 수요일과 다를 게 없는 수요일이잖아요.

아닙니다, 손님. 지난 수요일과 완전히 다른 수요일입니다.

지난 수요일과 완전히 다른 수요일이라고요?

그렇습니다, 손님. 저의 언어가 지난 수요일과 완전히 다른 언어이듯 말입니다.

지난 수요일과 완전히 다른 언어라니. 그건 또 무슨 말인지 모르겠네. 그러니까 당신은 진짜 염소라 이거예요?

그거야 저를 잘 살펴보면 아실 테고요. 만약 손님이 저에게 관심이 있으시다면 말이죠.

유감이네요. 난 아주 지친 상태예요. 그러니까 당신 말은⋯⋯ 확실히 나한테 문제가 있다는 거로군요. 다시 말해, 오늘만큼은 정장은 곤란하다 이거군요.

그렇습니다, 손님. 하지만······.

스피커에서 폭풍 같은 음악이 멋내로 풀어져 나오는 바람에 그는 이어지는 염소의 말을 알아듣지 못했다. 화음을 이루거나 조화된 울림이 아니었다. 상대의 잘못을 따지고 들 듯이 서로의 몸을 확 밀쳐내듯 펴지는 음악이 곤혹스러웠다. 그린은 자신의 몸을 훑어보았다. 생뚱맞은 예복 여기저기에 시선을 주며 얼굴을 찡그렸다. 그때 어디선가 앙칼지고 새된 여자의 목소리가 들려왔다. 그는 소리 나는 쪽으로 시선을 돌렸다.

웬 노란색 쫄티를 입은 여자와 파란색 반바지 차림의 남자가 고함을 지르고 있었다. 두 사람은 덩치가 굉장한 야생동물이 화가 잔뜩 났을 때 내지를 법한 소리를 고래고래 질렀다. 중앙에 위치한 네모난 나무 테이블 뒤에서였다. 그들은 얼굴에다 동물 가면을 쓰고 있었다. 여자는 닭이고, 남자는 소였다. 그는 그 닭과 소가 분노의 이빨을 갈면서 서로의 얼굴에 삿대질을 하는 광경을 바라보다가 그들이 주고받는 말을 본의 아니게 듣게 되었다. 닭의 말에 의하면, 자기가 무심코 딴청을 피우는 사이에 남자가 자기 잔을 여자의 잔과 은근슬쩍 바꿔치기 했다는 것이다. 닭은 자기 잔에 술이 절반 정도 남아 있었다고 우기고 있고, 소는 자기가 한 짓이 아니라고 펄펄 뛰었다. 소는 굵은 목에 핏대를 세우며 연신 말했지만 그럴수록 닭은 언성을 높였다. 한마디로 닭과 소는 아무 것도 아닌 일을 가지고 철딱서니 없는 아이들처럼 다투고 있었다. 그는 다 큰 성인들이 그런 일을 가지고 유치하게 쌈박질이나 해 대는 꼴이 너무나 민망하도록 우스웠다. 그는 미간을 찌푸리며 그 들에게 가 있던 시선을 접고 그 앞쪽 테이블을 바라보았다.

그 테이블에 앉아 있는 사람들의 얼굴도 가면이었다. 뱀과 돼 지 그리고 말과 토끼였다. 두 쌍의 남녀들, 그들이 자기 짝과 몸을 착 붙이고 앉아 있었다. 그들은 뒤쪽에서 악을 쓰며 싸우거나 말 거나 저희들끼리 희희낙락했다. 허물없이 외설스러운 농담들을 지껄이며 깔깔거리기도 했다. 옆 테이블에 앉아 있던 초록색 운 동복 차림의 호랑이가 뱀에게 다가갔다. 뱀은 짧은 주황색 원피 스를 입고 있었다. 호랑이가 뱀에게 말을 다정하게 건네며 키스 를 퍼붓고 탄탄한 유방을 주물럭댔다. 뱀은 호랑이를 거부하기는 커녕 숨을 헐떡거렸고 입에선 낯 뜨거운 신음이 새어 나왔다. 돼 지의 얼굴에는 질투의 빛이 없었다. 오히려 호방한 얼굴로 잔에 남아 있는 술을 단숨에 마시곤 또 잔에 술을 콸콸 따랐다. 그는 시 선을 다른 곳으로 옮겼는데 모든 사람들이 가면을 쓰고 있었다. 삿대질을 하며 다투고 있는 닭과 소에게 신경 쓰는 사람은 없었 다. 그는 쥐를 보았다. 쥐는 구석에 놓인 긴 소파에서 한쪽 다리를 등받이에 걸친 채 코를 심하게 골며 낮잠을 잤다. 돼지가 소리를 질러댔다. 커다란 스피커 앞에서 시끄러운 음악 소리에 몸을 전부 맡긴 채 발광을 했다. 원숭이 두 마리가 격투를 벌였다. 그들은 이층으로 올라가는 나무 계단 앞에서 엎치락뒤치락하고 있었나. 사기접시 깨지는 소리가 났다. 뭔가가 우지끈하고 부러지는 소리도 났다. 멱살을 잡고 싸우는 닭과 소의 고함 소리가 귀청을 찢었다. 그 소리들은 이게 도무지 연주라고 할 수 있을까 싶은, 또는 악보라는 게 있을까 싶은 제멋대로인 선율에 끼어들어서 카페 안은 아예 아수라장이었다. 그는 그 이상한 장면들로 더욱 혼란스러워졌다. 힘이 쭉 빠진 소리로, 빨간 나비넥타이를 맨 염소에게 말했다.

알았어요. 하여간 뭔지 모르겠지만 알았단 말이에요. 그만 가겠어요.

염소가 돌아서려는 그의 팔을 가볍게 잡았다.

하지만 손님. 아, 좀 전에 저의 말을 마저 못 들으신 것 같은데, 손님은 오늘 비록 정장을 입으셨지만 이곳에 머무를 자격이 있습니다. 특별히 손님만요.

머무를 자격이 있다고요? 그건 또 무슨 소리죠? 아까 정장을 입은 사람은 출입 금지라 말하지 않았나요?

분명 그랬습니다. 손님도 보셨다시피 여기 사람들 모두 자기가 원하는 자유로운 복장을 하고 있지요. 정장 차림은 한 분도 없습니다.

그는 약간 이죽거리는 목소리로 말했다.

나도 봐서 알고 있어요. 게다가 그 웃기지도 않는 동물 가면이라니.

손님, 그렇게 말하시면 안 됩니다. 다 그럴만한 이유가 있어서 그러는 거니까요.

염소가 양손을 펼쳐 세우며 정색을 했다.

그럴만한 일이라고요? 어쨌든 내 알 바 아니에요. 그런데, 아까 내가 정장 차림에도 불구하고 이곳에 머무를 자격이 있다고 했는데, 그건 무슨 근거죠?

손님, 그건 뭐랄까요. 뭐라고 딱 설명을 드릴 수가 없습니다. 그냥 이렇게 말씀드릴 수밖에 없네요. 그건 그냥 보면 안다고 할까요. 그냥 보면 알아지는 것도 있는 법이죠.

그냥 보면 알아진다? 재미있는 표현이네. 뭐, 좋아요. 어쨌든 난 갈증 때문에 고통스러워요. 나는 저들처럼 버얼건 대낮에 하릴없이 낮술이나 퍼마시는 그런 사람이 아니에요. 그럼, 그럼. 나는 빛이 대지를 밝히는 대낮에 낮술이나 할 만큼 한가한 사람이 아니고, 앞으로도 그러겠죠. 난 깨끗한 생수 한잔이면 되겠어요.

알겠습니다, 손님. 자, 저를 따라오십시오.

그는 나지막이 그럼, 그럼, 나는 낮술이나 할 만큼 한가한 사람이 아니고 앞으로도 그러겠지, 중얼거리며 반듯한 걸음걸이로 안내하는 염소의 뒤를 바짝 따랐다. 염소가 창가 자리로 안내했다. 좀 전에 자신의 옷차림과 몰골을 보고 비아냥거림과 폭소를 터뜨렸던, 중세풍의 의상을 입은 사람들이 붉은 술을 마시던 자리였다.

그런데 그들은 감쪽같이 사라지고 없었다. 빈자리는 고요했다. 혹시 내가 염소와 대화를 나누던 사이에 나가버린 걸까? 그는 생각했지만 여전히 알쏭달쏭했다. 그들이 앉았던 자리 중 하나를 골라 털썩 앉았다. 꼼짝도 하지 않고 멍한 표정을 지었다. 빈자리에서 그들이 떠벌인 어떤 이야기가 들려왔다. 그들의 험담과 조롱 어린 웃음소리가 귓가에 맴돌았다. 뱀같이 차가운 눈으로 쏘아보았던, 푸른 꽃수가 놓인 비단드레스를 입은 여인이 앉았던 자리에서, 그는 아무렇게나 늘어뜨린 자신의 육체를 발견했다. 육체가 까마귀처럼 검었다. 새삼스레 약이 올랐다. 그들의 험담과 조롱에 당찬 대응을 하지 않은 것에 대해 뒤늦은 후회를 했다. 그는 그들의 험담과 조롱을 이제 와서 견딜 수 없었다.

두 번의 점심식사!

(흥, 뭐 어쨌다고.)

안심스테이크와 등심스테이크라죠?

(게다가 재스민차도 두 잔이나 마셨지!)

저 양반은 언제나 게걸스럽게 먹는다니까.

(쳇, 세상에 먹는 일만큼 즐거운 일이 또 있을라고.)

야만인!

(참, 교양인처럼 말하는군. 야만인이라고 말하는 당신이 더 야
만인 아닐까?)

재미있는 사람이야.

(고맙군, 그래.)

멍청한 돼지.

그래, 그래. 실컷들 조롱하라지. 실컷들 비웃으라지. 어차피 당
신들은 나와는 아무런 상관없는 사람들이니. 어찌 된 일인지 염
소가 테이블에 놓고 간 건 생수가 아니었다. 붉은 술이었다. 그린
은 그것에 대해 염소에게 따질 마음이 일지 않았다. 피곤한 심신
을 달래주기엔 그래, 물보다는 한잔의 술이 낫겠지. 그는 그렇게
중얼거렸다. 그는 유리잔에 맑게 차 있는 붉은 술을 단숨에 마시
며 중세풍 옷차림의 조롱을 일시에 날려버렸다.

술기운 탓인지 그는 나른해졌다. 음악도 나른한 선율로 바뀐
것 같았다. 그는 몽롱해졌다. 졸음이 몰려왔다. 하지만 여기서 그
대로 잠들면 안 된다고 생각했다. 일이 산더미처럼 쌓여 있는 사
무실이 그를 기다리고 있었다. 하지만 그는 모처럼 아무런 긴장
이 없는 상태로 몸을 편한 자세로 죽 늘어뜨리곤 깊은 잠에 빠지
고 싶은 충동이 일었다. 의자에 앉은 채 비몽사몽 더욱 나른한 상

태가 되어 반수면 상태에 빠져들었다. 그는 사티로스를 보았다. 디오니소스를 따라다니며 마음껏 포도주를 마셨다는 사티로스 무리들. 그래서 그들이 꿈꾸는 이상적 삶은 어떤 것이었을까. 카페 안, 사람들은 동물 가면을 뒤집어쓴 채 나른한 몸짓으로 서로에게 조용히 얽혀들어가고 있었다. 더 이상 이성을 잃고 소리 지르고 발광하는 짐승은 없었다. 그들은 꿈꾸는 사람의 표정으로 돌아가 서로의 몸을 애무하고 키스했다. 그들은 완전한 나신이었다. 저 먼 데서 아름다운 트럼펫 소리가 들린 것 같았다. 어쩌면 풀피리 소리인지도 몰랐다. 그 소리는 머나먼 과거를 불러들이는 묘약을 지니고 있었다. 그린은 알 수 없는 그리움에 잠겨들었다. 오르간 소리를 들은 것 같았다. 어쩌면 손풍금인지도 몰랐다. 그는 손풍금 소리를 따라갔다. 그 소리를 따라 어디 닿을 수 없는 먼 곳에 도착했을 때, 그들은 누가 먼저랄 것도 없이 서로에게 얽힌 채 통음난무(通淫亂舞)에 빠져들고 있었다.

그린은 카페 문을 밀고 밖으로 나갔다. 그는 몇 걸음 걷다가 우뚝 멈춰 서곤 뒤를 돌아다보았다. 화이트 톤의 벽에 꽃장식이 걸린 둥글납작한 카페 위 기둥에서 세모난 철제 간판이 대롱거렸다. 그 간판에는 조랑말 그림이 그려져 있고 그 아래에 빨간 활자체로 '십이지 카페'라고 쓰여 있었다. 일 년 중 하루, 자유로운 복장과 동물 가면을 쓴 사람이면 누구든지 숨어들어와 은밀한 욕망을 나눌 수 있다는 게 그 카페의 특징인 모양이었다. 그 '십이지 카페'에서 정장 차림에도 불구하고 자신만은 왜 허락되었는지 이해할 수 없었다. 그는 염소의 말이 생각났다. 그냥 보면 저절로 알아지는 것이 있지요. 그는 염소에게 되돌아가 그 의문을 해소하고픈 마음이 일었다. 하지만 그냥 걸어갔다. 그는 다시 한 번 우뚝 섰다. 평소라면 아무 생각 없이 지나칠 비루먹은 늙은 개 한 마리가 눈에 들어왔다.

공터에서였다. 자그마한 공터는 꽃 가게와 음반 가게 사이에 있었다. 원래 있었던 가게를 굴삭기가 어떤 다른 생각이 있어 퍼내버렸는지 엉망이었다. 공터 여기저기에 부스러진 유리 조각과 쪼개진 나무 조각들 그리고 더러운 콘크리트 잔해가 뒹굴었다. 한쪽 구석엔 쓰레기 더미로 역한 냄새가 났다. 그 쓰레기 더미 앞에는 은행나무 한 그루가 서 있었다. 잎이 다 떨어져 더 이상 잃을 게 없는 나무였다. 그 나무 앞에서 늙수그레한 개가 납작하게 엎드린 자세로 누워 있었다.

정말 늙은 쭈그렁 개였다. 개는 털이 듬성듬성 빠져 있고 바짝 말라서 드러난 늑골이 비참하도록 앙상했다. 앞다리를 최대한 앞으로 쭉 뻗고 몸을 길게 늘어뜨리고 있었다. 마치 혼자서 임종을 기다리는 것 같았다. 긴 세월 떠돌이 생활을 했는지 꾀죄죄한 개의 몸에서 나쁜 냄새가 났다. 그는 알 수 없는 이유로 개 가까이에 다가갔다. 사람이 다가오는 기척에도 늙은 개는 그를 흘끗거리지도 않았다. 한 줌의 힘도 남아 있는 것 같지 않았다. 그는 개에게 어떠한 에너지도 느낄 수 없었다. 개에게 경계심을 풀었다. 그리고 개의 눈을 들여다보았다. 아무것도 잃을 게 없는 체념한 자의 눈빛과 임종을 맞이하는 자의 두려운 눈빛, 그리고 아주 먼 지난날들을 추억하는 자의 아련하고도 쓸쓸한 눈빛이 담겨 있었다. 곧 그는 자신의 그 느낌에 대해 의구심이 들었다. 정말 개의 눈빛은 그런 것일까?

그는 개의 눈빛에 대한 자신의 느낌을 단호하게 수정했다. 휑하니 비어 있는 지저분한 땅바닥에 몸을 마음껏 펼치고 얼굴을 모로 누운 개의 시선을 사실은 이해할 수 없었다. 개의 시선은 그가 볼 수 없는 어떤 다른 곳에 가 있는 것 같았다. 그 다른 곳에서 개의 두 눈은 무엇을 찾고 있는 것 같았다. 그린은 아내를 떠올렸다. 이따금 아내의 눈빛이 그랬다. 현관 밖, 등나무로 엮은 흔들의자에 몸을 느긋하게 늘어뜨린 아내의 시선은 어디 멀리 딴 곳에 가 있는 것 같았다. 갑자기 그는 아내의 이름을 불렀다. 오, 바이올렛! 바이올렛! 그는 가슴 깊은 곳에서 치밀 듯 올라와 목구멍 밖으로 터져 나오는 아내의 이름을 도저히 막을 수 없었다. 오, 내아내, 바이올렛. 난 길을 잃었어. 당신이 당장 내게로 와주었으면

해. 당신이 내게 올 수 있는 거리에 있다면 당장 내게 달려와줘. 당신, 지금 어디 있어? 그린은 휴대폰의 전원을 켰다. 아내와 통화하고 싶은 마음이 간절했다. 하지만 바로 그 참기 어려운 간절함 때문에, 그는 휴대폰의 전원을 끄고 말았다. 그의 입에서 상심한 자의 넋두리 같은 말이 희미하게 새나왔다.

개야, 어떡하면 좋으냐. 난 길을 잃은 것 같구나.

개는 꿈쩍도 하지 않았다.

그래, 내가 바보지. 너에게 길을 묻다니. 오늘, 난 아예 바보가 되었지.

그는 너무나 지쳐서 무작정 땅바닥에 누워버리고 싶었다. 그러고 보니 그렇게 못할 이유가 없는 듯했다. 그는 가로수길에 들어선 뒤 헤매고 다닌 수많은 골목길 어디에서도 한 사람도 발견하지 않았다는 사실을 떠올렸다. '십이지 카페' 안의 사람들은 동물 가면을 뒤집어쓴 채 지금 이 시간 아직 은밀한 쾌락을 즐기고 있겠지. 그는 이 공터에서 다른 사람의 눈치를 볼 필요가 없다는 걸 깨달았다. 다 죽어가는 개에게 바투 다가갔다. 그러고는 개처럼 땅에다 몸을 엎드려 붙였다. 기운이 빠진 양팔을 가능한 멀리 쭉 펼쳤다. 몸을 길게 마음껏 펼치곤 몸에 배어 있는 일상의 긴장을 모두 풀었다. 그의 몸은 숨을 쉬는 것 말고는 아무것도 할 줄 몰랐다. 그는 내일이 걱정되지 않았다. 완전한 자유를 느꼈다.

개야, 내가 꿈을 꾸고 있는 걸까? 아니면, 이게 현실일까. 만약 꿈이라면 밤도 아니고 낮에, 그것도 두 눈을 멀쩡하게 뜬 상태에서도 꿈꿀 수 있는 걸까? 내가 미친 걸까?

아니에요. 제가 보기엔 미치지 않았는걸요.

그래? 그렇다면 다행이고.

그는 개의 음성을 들었다. 그는 놀라지 않았다. 그는 개의 말을 그처럼 이해했다. 임종을 앞둔 개 옆에서 자신만의 은밀한, 그리고 고통스러운 속내를 내보이고 싶은 끈적끈적한 욕망을 느꼈다. 그는 말했다.

난 말이다. 길을 잃었지만 누구에게도 도움을 청할 수 없구나. 사실 나에겐 아내가 있어. 정말 좋은 여자야. 나한텐 과분할 정도지. 난 아내를 좋아해. 그런데, 무슨 이유에선지 아내에게 도움을 요청할 수도, 하소연할 수도 없구나. 평소에도 그랬어. 발을 헛디뎌 예기치 못한 늪에 빠져서는 양팔을 흔들며 허우적댈 때, 그러니까 내 손을 잡아줄 누군가의 도움이 절실히 필요할 때, 당연히 아내가 제일 먼저 떠오르지. 난 마음속으로 아내를 불러. 여보, 나를 도와줘. 내 손을 잡아줘. 하지만 아내의 손은 차갑게 닫혀 있을 뿐이야. 아내는 아무 일도 하지 않을 때, 그래서 뭔가를 잡지 않아도 될 때, 그럴 때조차도 손이 굳게 닫혀 있거든. 걸어다닐 때도, 앉아 있을 때도 말이야. 꼭 오므린 아내의 주먹. 그 꽉 오므린 손

안엔 도대체 무엇이 들어 있는 걸까. 난 그게 늘 궁금했지만 한 번도 알려고 하지 않았어. 왜냐하면 알게 되면 어떤 무서운 것, 어떤 겁나는 것, 어떤 두려운 것과 맞닥뜨릴지도 모른다는 공포심 때문이었지.

당신을 이해해요. 하지만 당신의 그 문제는 유감스럽게도 제가 도와드릴 수 없군요. 당신 스스로 풀어할 문제니까요.

그는 들었다. 개가 고개를 천천히 돌리며 연민의 시선으로 말하는 소리였다.

그래, 개야. 나도 알고 있어. 그건 그렇고 너, 아니? 난 말이야, 그러니까 난…… 그런 아내의 주먹 쥔 손을 떠올리면 아내가 나를 구원해줄 대상으로서 적합지 않다는 걸 느끼는 거야. 그러곤 마젠타를 생각하지. 마젠타는 내 오랜 친구, 블루의 아내란다. 친구의 아내. 그래, 마젠타 말이야. 그런데 이상한 건, 난 그 깊이가 어느 정도일지 모르는 끔찍한 늪 속에 몸이 점점 가라앉는 걸 느끼면서도 오히려 익살맞게 팔을 흔들며 마젠타의 이름을 부르는 거야. 마젠타! 마젠타! 나 여기 있거든. 하던 일을 탁, 멈추고 나에게로 와줄 수 있어? 안 그러면 난 금방 꼴깍할지도 모른다고!

개의 입가에 희미한 미소가 떠올랐다. 그는 문득 개의 등을 어루만지고 목덜미를 쓰다듬고 싶었다. 그가 말했다.

친구의 아내, 그러니까 마젠타의 손은 늘 열려 있어. 난 한 번도 주먹 쥔 마젠타의 손을 본 적이 없어. 마젠타의 손은 항상 뭔가를 갈구하고 있는 것처럼 보인다니까. 개야, 사람은 뭔가를 갈구해야지만 손이 열리게 되어 있거든. 그런데 아내의 손은 자신을 방어하듯, 경고하듯 차갑게 닫혀 있을 뿐이지.

무슨 말인지는 충분히 이해는 되지만…… 이제 그런 얘긴 그만하는 게 좋을 것 같군요.

개가 약간 볼멘소리를 냈다.

그래, 개야. 네 말을 따르련다. 하지만 나쁜 마음으로 아내를 흉볼 생각은 없었단다. 말했지만, 난 아내를 좋아해. 아무튼…… 오늘 말이야. 그러니까 점심시간부터 너를 만난 지금의 시간까지 내가 본 것, 내가 만난 것, 내가 느낀 것, 나한테 일어난 이 모든 일들을 어떻게 받아들여야 할지 잘 모르겠어. 세상에, 내가 한낮에 정말 꿈꾸고 있는 걸까? 난 어디에 있는 걸까? 난 지금 어디에 누워 있는 걸까?

글쎄요. 제 생각엔…… 대낮에도 꿈꿀 수 있지 않을까요? 그리고 그런 일이 오늘뿐이겠어요? 잘 생각해보세요. 예전에도 그랬을 거예요. 하루를 지내면서, 길거리 돌아다니면서 도중에 뭘 했는지 말이죠. 길을 걸으면서도 저 멀리 딴 곳을 걸을 때도 있잖아요. 누구든지 환한 대낮에도 간간이 꿈꾸고 다니지 않나요?

그러니까 인간은 두 개의 세계를 살아간다는 거냐?

산다는 것은 근본적으로 왔다 갔다 하는 거겠죠.

그러고 보니, 아내가 또 떠오르네. 아내의 눈 말이야. 문득 아내의 얼굴을 바라보면 아내의 두 눈은 이곳이 아닌 저곳에 있는 듯했어. 어디 딴 데 있는 것 같았거든. 한번은 물었어. 여보, 무슨 생각해? 그랬더니 아내가 잠에서 덜 깬 듯 멍하고 더덜뭇한 목소리로 말하더라고. 웅? 지금 뭐라고 했어요? 아내는 분명 내 곁에 있는데, 아내는 내 곁에 없었어. 실종된 거지. 실종된 아내. 아내는 이곳에 있지만 아마도 저곳에서, 어떤 비현실적인 공간에서, 그 공간의 흐름 속을 끊임없이 떠다니는지도 모를 일이야.

산다는 일은 엄중한 의미에서 그런 것이겠죠.

흐음. 넌 그런 걸 어떻게 알지?

저도 그랬으니까요. 오랜 시간 길을 떠돌아다니면서 자주 딴 곳으로 건너가 그곳의 흐름 속을 떠다녔거든요.

오랜 시간 길을 떠돌아다녔다고? 그러면서 딴 곳에서도 떠다녔다고?

이젠 죽을 때가 되었죠.

개의 늙은 눈에 물기가 고인 것 같았다. 그는 개처럼 누워 있는 상태에서 한 손을 천천히 들고는 개의 등을 어루만졌다. 말라비틀어진 개의 목덜미도 쓰다듬었다.

얼마만큼의 시간이 지나갔는지 그는 몰랐다.

십일월의 희미한 햇살마저도 완전히 빠져나간 공터에서 잎이 다 진 은행나무가 늦가을 추위에 몸을 떨고 있었다. 때가 되면 나무는 다시 환하고 산뜻한 옷을 풍성하게 입게 될 것이었다. 그러기 위해 나무는 또 일 년을 기다려야 했다. 나무는 그리운 연인을 기다리는 사람처럼 추위에도 아랑곳없이 길을 혼자서 쓸쓸히 지켰다. 헐벗은 은행나무는 그의 시선을 꽤 오랫동안 붙들었다.

개가 구무럭거리며 일어나는 소리를 들은 건 그가 뭔지 모를 슬픔을 느꼈을 때였다. 그는 나무에게서 시선을 거두고 고개를 돌렸다. 일어나기 위해 안간힘을 쏟는 개는 마지막 남은 힘을 짜내는 것 같았다. 개가 네발을 땅에 간신히 붙이는 데 성공했다. 개가 그를 향하여 꼬리를 두세 차례 흔들었다. 그는 그것을 자기를 따라오라는 신호로 받아들였다. 개가 헤매고 다닌 곳은 길밖에 없으니 개만큼 길을 잘 아는 존재도 없을 것이었다. 혹시 개가 길을 안내해줄지도 모른다는 생각이 머릿속을 지나갔다. 그도 굼뜨게 일어났다. 그는 검은 양복에 묻은 흙먼지를 털까 하다 그만두는 제스처를 했다. 그러고는 한쪽 다리를 절룩거리며 느리터분하게 걸어가는 개의 뒤를 느럭느럭 따라가기 시작했다.

갑자기 뒤쪽에서 댐이 무너지는 것 같은 소리가 났다. 어디선가 왁시글왁시글 떠드는 소리도 났다. 개의 꽁무니를 쫓아 대여섯 걸음 걸었을 때였다. 그는 깜짝 놀라 뒤를 돌아보았다. 바로 뒤에서 발갛고 노랗고 하얗게 화장을 한 여자들의 얼굴이 보석처럼 빛났다. 그중 한 여인이 손가락으로 어딘가를 가리키며 어머! 저 인형 좀 봐! 꼭 날 닮은 것 같아! 하고 외쳤다. 그는 무엇인가를 떠올렸다. 오래 잊고 있던 것이었다. 그는 오른손을 내려다보았다. 뜻밖에도 가로수길에서 사려고 했던, 그러나 그게 뭔지 정확히 몰랐던 어떤 물건이 손안에 있었다. 그것은 하나의 음반이었다. 그 음반엔 크로이처 소나타가 수록되어 있었다. 작곡가는 베토벤이었다. 바이올린 소나타 9번이기도 했다. 가장 음탕한 소나타라고 말한 사람은 톨스토이였던가. 그는 그 여자들 뒤로 시선을 조금 더 멀리 던졌다. 골목길은 멋스러운 남녀들로 발 디딜 틈이 없었다. 바람이 불고 있었다. 아직은 약한 바람이었다. 댐이 순식간에 무너져 내리는 바람에 물이 걷잡을 수 없이 흐르고 넘치듯, 골목길은 쉼 없이 밀려오는 사람들로 도도하게 물결치고 있었다.

블루,
길 위에서 아내의 이름을 부르다

블루는 돌연 과거의 기억 속으로 빠져들었다.

언젠가 이 와인을 마셔본 적이 있지. 와인의 마개를 딸 때 기막힌 재미가 있었던 것 같은데. 한 모금 입안에 담았을 땐 어땠지? 혀가 파르르 떨렸나? 뒤틀렸나? 향은 어땠지? 아무튼 대단했어. 코와 혀에 강렬한 자극이 왔던 건 틀림없었어. 그러면 맛은 어땠더라? 그때 와인 가게 주인이 끼어들었다.

그러니까 말이죠, 입으로 애무하듯 마시면 말이죠, 그 액체가 입안 전체를 감싸고 말이죠, 그 향이 코를 간질이면 왠지 기분이 달뜨면서, 입안에 모든 감각세포들은 말이죠, 맛을 제대로 음미하려는 듯 돌연 사색에 잠길 거예요.

가게 주인의 목소리는 여전했다. 작대기처럼 딱딱하고 건조했다. 그러면서도 적당한 어딘가에서 딱 끊어주고 다시 이어주는 호흡법을 갖고 있었다. 감정이 묻어 있지 않으면서 리듬감이 배어 있는 호흡법은 독특했다. 그 독특한 말투가 그에게 알 수 없는 긴장감을 불러일으켰다. 블루는 와인병에 가 있던 시선을 접고 주인을 보았다. 가만 보니 짱짱한 체구였다. 주인은 잘 빠진 짙은 갈색 양복을 입고 있었다. 머리는 편평하고 얼굴은 넙죽하며 두 눈 사이의 간격이 지나치게 넓었다. 머리에서는 질 좋은 머릿기름 냄새가 났다. 포마드 냄새가 분명했다. 블루는 그 냄새가 불친절하게 느껴졌다. 이마는 빈 들판처럼 넓었다. 그 이마가 왁스칠을 한 듯 반들거렸다. 게다가 이마 양쪽으로 뾰족한 굴곡선이 활화산 모양을 이루고 있어 어딘지 야하고 음침해 보였다. 하지만 블루는 그런 이유로 그 이마를 눈여겨본 건 아니었다. 난 아무것도 감출 게 없어요, 하고 그 텅 빈 이마가 말하는 듯해서였다. 이마는 또 말했다. 와인에 관해서라면 난 거짓말을 할 줄 모른다고요. 아무려나, 그런 건 특별히 문제될 건 없었다. 와인에 관한 한 전문가의 조언을 귀담아들어서 손해 볼 건 없으니까. 와인이라니, 블루는 와인 애호가는 아니었다. 그는 와인을 좀 마셔봤다는 축에 속했지만 와인에 대해선 그다지 식견이 없었다. 문제는 주인의 손이었다. 그는 주인의 열 개의 손가락을 찬찬히 뜯어보았다.

블루는 움질거리는 주인의 손가락이 신경 쓰였다. 주인이 양손을 놀리며 한 손 안에 술병을 고이 뉘어놓았다. 지나치게 신중한 손이었다. 마치 진귀한 보석을 만지기라도 하는 것 같았다. 주인이 품 안의 술병을 내려다보았다. 그러고는 다른 한 손으로 그것을 살살 매만졌다. 그 손길엔 애정이 담뿍 담겨 있었다. 말해봐야 입만 아프다는 듯 주인은 입을 꾹 다물었다. 블루가 작게 헛기침 소리를 냈다. 그제야 주인은 양 눈썹을 위로 살짝 올렸다 내렸다. 그러고는 블루에게 와인병을 조심스레 건네주었다. 그는 그걸 건네받을 때 자신의 손이 주인의 손과 닿지 않도록 조심했다. 혹시 더러운 병균이 주인의 손가락에 묻어 있을지도 몰랐다. 그는 세상의 모든 손을 결코 믿지 않았다. 보이지 않는 불분명한 것에 대해선 너그럽지 않았다. 하지만 그러한 그도 어쩔 수 없이 타인과 악수를 나누기는 했다. 그러면 상대에게 실례를 범하는 일 없이 화장실에 가서 손을 씻었다.

하지만 그는 주인의 의심스러운 손가락을 곧 잊어버렸다. 주인의 기계적인 말투도 괜찮았다. 불친절한 포마드 냄새도 참을 만했다. 물론 술병에 남아 있을지 모르는 병균들이 전혀 께름칙하지 않은 건 아니었다. 가슴에 품은 '샹베르탱' 와인은 터질 듯 풍만했다. 와인은 검은 석류빛이었다. 샹베르탱 와인은 그가 고른 것이었다. 그 와인은 금세라도 누군가의 입안을 적실 준비가 되어 있었다.

그가 샹베르탱 와인을 고른 건 언젠가 지인들과 마셔본 적이 있어서였다. 경험에 그 와인은 지루할 만큼 오랜 시간을 견뎌내고 마침내 절정기에 도달한 것이었다. 그는 기억 속 창고를 뒤졌다. 마개를 땄을 때 향이 정말 엄청났었다. 농밀하게 익은 딸기 향이었던가? 치자꽃 냄새였던가? 둘 다 아닐 거야. 그건 정신을 잃을 정도였으니까. 맛은 어땠더라? 그는 샹베르탱 와인을 한 모금 입에 담고는 혀를 굴렸다. 물론 상상으로 말이다. 그러자 혀가 뒤틀려졌다. 맛은 짭조름하면서도 감칠맛이 났다. 시큼한 맛도 났다. 그렇다면 골격은? 물론 골격은 탄탄했다. 향기의 여운도 끝이 없었다. 그는 품 안의 와인을 내려다보았다. 코를 와인병 입구 가까이 대고 깊게 들이마셨다. 강렬한 향기가 콧속으로 스며드는 것 같았다. 그는 몽롱한 기분에 젖어들었다. 또다시 주인의 딱딱한 말투쯤이야, 하는 생각이 들었다. 냄새라는 건 예고 없이 왔다가 떠나고, 떠났다가 갑작스럽게 찾아오는 수수께끼 같은 것이었다. 그는 만져본 적도 없고 본 적도 없고 가져본 적도 없는 그 냄새를 다시 맡아보았다. 아직 주인을 만나지 못해 순정품으로 남아 있는 샹베르탱 와인 냄새였다. 농밀한 향기가 입안 전체를 감쌌다. 맛은 과연 경탄할 만했다. 꽃 맛이랄까, 딸기 맛이랄까, 상쾌했다. 부드러우면서도 날카롭고 달콤하면서도 시큼했다. 뒷맛은 미묘했다. 그는 그 맛의 풍만함에 완벽한 충일성을 느꼈다. 그는 가슴에 품은 샹베르탱 와인병을 어루더듬었다. 주인이 의미심장한 눈빛으로 그를 바라보았다. 그가 말했다.

네, 그래요. 정말 빼어난 와인이란 걸 잘 알죠.

네, 물론이죠, 손님. 다시 한 번 말씀드리지만요, 한 모금만 머금어도 말이죠, 입안이 꽉 차면서 말이죠, 이루 말할 수 없는 풍만함을 느끼게 되지요.

주인이 웬일인지 아무 감정이 없는 말투를 버리곤 나른한 목소리로 말했다.

아, 예에. 그렇죠.

블루도 나른하게 말했다. 입안이 꽉 찬다는 주인의 말은 그럴싸했다. 갑자기 눈앞에서 물고기 한 마리가 넘실거렸다. 그는 이 와인 가게가 놀이터 같다고 생각했다. 참, 그런데 웬 물고기 생각? 한 모금만 머금어도 입안에 꽉 찬다는 주인의 말과 우연히 떠오른 물고기 한 마리가 대체 무슨 상관이 있지? 하지만 그는 그걸 굳이 따져보고 싶지 않았다. 그는 머릿속에서 부드럽게 오가는 물고기 한 마리에 그만 시선을 빼앗겼다.

하지만 말이죠. 아, 손님. 뭐라고 말씀드려야 할지 모르겠네요. 전 이렇게 생각해요. 어린 상태의 샹베르탱을 마신다는 건 언제나 죄악이죠. 안 그래요, 손님?

주인이 두 눈에 힘을 팍 주곤 고개를 크게 끄덕거렸다. 그의 동의를 구하려는 것 같았다.

아, 그렇죠. 죄악이죠.

그는 어쩔 수 없이 동의를 했다. 그러곤 목소리의 톤을 낮췄다.

그러니까 이 와인은…….

네, 그러니까 손님이 고른 그 샹베르탱은 안타깝게도 아주 어린 것이죠. 그러니 아무래도 그 맛과 향은…….

아, 그랬군요. 제가 고른 이 와인은 아주 어린 것이군요. 뭐 그렇죠. 와인이란 자고로 참고 기다려야 참맛이 나는 거니까요.

그래서 말인데요, 손님. 좀더 오랜 시간을 견뎌내어 완숙해진 샹베르탱은 이미 품절되었고…… 아, 이건 어떨까요. 모르공이란 와인인데요. 음, 이 와인의 맛은 뭐랄까요, 벨벳처럼 부드러운 맛이 나면서 말이죠, 마시면 마실수록 말이죠, 베일에 싸인 채 고이 누워 있는 여인의 얼굴을 조금씩 확인하는 것 같고 말이죠, 그러니까 그 무엇과도 비할 수 없는 기쁨을 안겨주지만, 값이 조금 비싼 게 흠이라면 흠이죠.

그는 창밖 거리를 바라보았다. 어서 회사로 돌아가 오후 회의를 하고, 신약 개발 보고서를 제출하고, 전화를 몇 군데 돌려야 하는데. 빨리 서두르지 않으면 오후 스케줄이 엉망이 될 텐데. 그는 고개를 숙여 손목시계를 보려다 말고 다시 창밖을 보았다. 창밖엔 멋스런 차림의 키가 큰 여인이 지나가고 있었다. 여인은 대략 서른 살 중반쯤 돼 보였다. 여인의 양손엔 종이 쇼핑백이 주렁주렁 달려 있었다. 여인의 자홍색 주름치마가 풀썩풀썩했고 굵은 컬이 들어간 다갈색 머리칼이 흩날렸다. 저녁 즈음부터 센 바람이 분다고 했는데, 정말이었다. 이곳에 도착하기 전까지도 바람은 불었지만 약한 바람이었다.

거리를 걷는 사람들은 너무 많았다. 모두 발걸음이 둔해 보였다. 게다가 바람 때문인지 옷깃을 여민 툽툽한 외투 아래로 두 발은 허공을 딛는 듯했다. 유리창의 사각 프레임 속으로 사람들이 끊임없이 들어왔다가 빠져나갔다. 빈손으로 다니는 사람은 거의 없었다. 휴대폰을 들고 있거나 들여다보고 있는 사람들이 대부분을 차지했다. 간혹 지갑을 들고 있는 사람도 있었다. 테이크아웃 컵을 들고 있는 사람도 있었다. 한 손엔 테이크아웃 컵을, 다른 한 손엔 휴대폰을 들고 있는 사람도 있었다. 그런 사람은 바로 저 청년이었다. 방금 청년에게 전화가 걸려왔나 보다. 얼굴이 제법 번번하게 생기고 귀에다 초록색 피어싱을 한 청년이 한 손에 테이크아웃 컵을 든 채 폴더를 연다. 두 발이 바람에 떠밀려 비트적거린다. 컵에 든 커피를 쏟지 않기 위함인지 팔의 균형을 잃지 않으려고 허둥대는 모습이 아슬아슬했다. 물론 블루의 눈에 들어온 것은 그들의 옆모습이었다. 그래도 오가는 사람들은 그의 눈을 피할 수는 없었다. 통유리창을 사이에 두고 그는 이쪽 공간에서 있고 그들은 저쪽 공간을 지나가고 있었다. 그는 알지도 못하는 사람들이 금세 나타났다가 삭제되고 또 등장했다가 지워지는 유리창을 아무 뜻 없이 바라보았다. 그때였다. 누군가가 헛기침을 했다. 주인이었다.

손님, 다시 말씀드리지만요, 이 와인은요, 한 모금 입에 담으면 말이죠, 그러니까 아까도 말씀드렸다시피, 벨벳 같은 부드러움과 귀하고 기품이 느껴지면서 말이죠, 틀림없이 다시 보고 싶은 느낌이 들게 되는, 그런 맛이 난다고 할 수 있죠.

주인의 말이 다시 빨라지기 시작했다. 어쩌면 주인은 이렇게 까다롭고 지겹게 구는 진상은 처음이야, 하면서 마음속으로 오만상을 쓰며 툴툴대는 게 아닐까? 이곳은 단지 물건을 사고파는 일 외에는 아무런 볼일이 없는 곳이란 걸 블루는 잘 알았다. 그 사실을 누가 부정할 수 있겠는가. 하지만 그는 조바심을 내는 대신 주인이 하고 싶은 말을 다 하도록 내버려두고 싶었다. 어차피 이곳엔 손님이라곤 자기뿐이었다. 매장이라면 손님이 없는 것보단 있는 편이 나았다. 손님이 지겹게 굴지라도 판매자다운 인내심을 발휘해서 물건 하나라도 더 파는 편이 주인으로서도 나았다. 그는 사무실로 돌아가 바쁘게 마무리할 일이 없는 것도 아니면서 왜 이곳에 좀더 머무르고 싶은지 납득이 안 됐다. 좀더 머무르고 싶은 까닭을 곰곰이 따져볼 생각도 없지 않았으나 그는 이곳에 왜 왔는지를 떠올렸을 뿐이다.

내가 이곳에 온 건, 하고 그는 생각했다. 오늘 저녁 그린과 바이올렛 부부의 집에 초대를 받았기 때문이다. 그들의 집에서 바이올렛이 손수 구운 랍스터를 먹기로 되어 있었다. 그린하고는 아무리 절친한 친구 사이라지만 빈손으로 방문할 수는 없는 법. 그래서 그는 랍스터가 놓여 있는 식탁에 자신이 손수 고른 와인으로 생기를 불어넣어주고 싶었다. 온갖 주류 중에서도 와인은 특별히 마법의 음료라고 믿었다. 그는 고등학교 친구인 그린과 인디고를 만날 때면 긴 추억담을 늘어놓곤 했다. 그래서였을까? 언젠가 회식 자리에서 선홍빛 와인을 마셨을 때, 그는 직장 상사의 말을 귀담아들었던 적이 있었다. 상사는 이렇게 말했다. 가까이 갈수록 미궁 같고, 무엇보다 잠시라도 시간을 되돌릴 수 있다고 믿게 만드는 것 중의 하나가 와인이 아닐까? 그도 이제 돌이킬 수 없이 마흔 살이었다.

그는 와인 가게에서 이렇게까지 시간을 지체하리라고는 상상도 못 했다. 여하간 정신없이 사무를 보던 중 잠깐 짬이 났을 때 외투를 집어 들고 밖으로 나왔다. 그러곤 전철을 탔고 겨우 두 정거장을 지나서 내렸다. 목적지는 당연히 와인 가게였다. 사통팔달로 이어지는 도심 속 쇼핑타운에 있는 이 와인 가게를 떠올렸던 것이다. 마지막으로 이 거리를 찾은 건 작년 봄, 어느 날이었다. 하늘은 싱싱하게 푸르렀다. 거리엔 특이한 옷차림의 젊은이들이 유달리 많았다. 그들의 표정과 걸음걸이는 꾸밈이 없었다. 뭔가를 한 번도 강요당해본 적이 없는 것 같은 활달한 얼굴들이었다. 그도 마음을 푹 놓고 걸었다. 그러던 중 걸음을 멈춘 건 하얀 회벽을 뒤덮은 포도나무 이파리 앞에서였다. 그 이파리들이 초록색의 납작한 지붕으로 기어오르고 있었다. 유리창 안, 진열대에는 루비 색상을 갖춘 와인 케이스가 늘비했다. 그 위로 선홍빛 와인들이 몸을 돌린 채 일렬로 죽 늘어서 있었다. 그리고 오른쪽 구석엔 푯말이 있었다. 그 푯말엔 '사랑하는 여인들'이라고 쓰여 있었다. 그는 낮게 읊조렸다. 사랑하는 여인들이라네, 사랑하는 여인들이라네. 사랑하는 여인들은 특별히 누군가에게 잘 보이기 위해 선홍빛 스타킹을 골라 신은 것처럼 보였다. 매끄러운 다리를 감싼 그 스타킹은 요상하고 요염하고 요기스러웠다. 그는 쇼윈도 디스플레이에 매료당했다. 자신도 모르게 발을 까딱거리며 사랑하는 여인들, 어딜 가시죠? 하고 즉흥 노래를 흥얼거렸다. 그러자 진열대에 줄지어 선 선홍빛 와인들이 정말 개개의 음표들로 장식된 생생한 악절처럼 보였다. 그녀들이 어딘가로 가고 있었다. 그의 머릿속에서 낯익은 행진곡이 울려 퍼졌다. 그것은 어쩌다 듣게 되는 경우, 중간에 꼭 박수를 치고야 마는 라데츠키 행진곡이었고, 작곡가는 요한 슈트라우스였다. 목적지가 어딘지는 알 수 없었다. 무엇을 하는 곳인지도 몰랐다. 다만 그는 자신의 귓불을 간질이며 사분대는 그녀들의 음성을 들었을 뿐이다. 날 마셔요. 입안에서 엄청난 일이 벌어질 거예요. 모든 불행한 일들을 다 잊을 거예요. 잊어요, 잊어요. 우리 함께 잊어요. 그는 그녀들이 계속해서 자신의 귓불을 애무해주길 바랐다. 그곳에 가면 정말 좋은 일이 기다리고 있나요? 그럼요, 그럼요. 그녀들이 엄청난 향을 내뿜었다. 그야말로 향들의 잔치였다. 그 향들이 말했다. 날 따라와요. 그곳에 가면, 거기에 도착하면, 우린 굉장히 즐거울 거예요. 그는 사랑하는 여인들의 노래를 들었고, 그러자 향은 다투듯 쏟아져 나왔다. 그 향을 콧속 깊이 들이마셨다. 강렬한 향이었다. 또한 그 맛을 느꼈다. 맛의 근육질은 단단했고 여운은 길었다. 그는 그녀들의 선홍빛 스타킹을 만졌고, 벗겼고, 들춰보았다. 그 행렬의 뒤꽁무니에 착 붙어서 함께 따라가고 싶은 욕망 때문에, 그는 사위가 어둑해지는 것도 모르고 그 윈도 속으로 자꾸만 빨려들어 갔다.

하지만 좀 전에 도착한 이 와인 가게 진열대 풍경은 그를 완전히 배반했다. 사랑하는 여인들은 사라지고 없었다. 특별히 누군가에게 잘 보이기 위해 골라 신은 선홍빛 스타킹들은 없었다. 그것은 검정에 가까운 스타킹들이었다. 역시 어딘가로 행진하고 있었다. 하지만 그녀들은 일절 말이 없었다. 그 걸음걸이가 마치 장례 행렬 같았다. 그 길 끝에는 왠지 죽음이 기다리고 있을 것 같았다. 먹구름이 낮게 드리운 하늘 때문이었을까? 음산하게 불어대는 바람 소리 때문에? 아니면 매장 안이 텅텅 비어 있어서? 뒤이어 그는 그날, 이 매장 안에서 북적댔던 그 사람들은 어디로 갔지? 생각하곤 진열대 푯말을 들여다보았다. 그 검은색 와인들은 '슬픔이여, 안녕'이라는 의미가 있었다. 그렇다. 날이면 날마다 날씨는 변한다. 그러니 음울하고 음산하기 짝이 없는 오늘의 날씨에 슬픔이여, 안녕은 매우 적합한 콘셉트인지도 몰랐다. 오가는 사람들의 얼굴엔 걱정과 근심이 그림자처럼 달라붙어 있었다. 저녁 즈음에 무시무시한 바람이 분다는 사실을 다 알고 있는 듯했다. 하긴 그렇게 엄청난 바람이 불어댄다면 거리를 걷는 그들의 사랑은 위태로워질 수도 있었다. 거센 바람은 그들을 보호하기는 커녕 그들의 세계를 허물어뜨릴 것이고 따라서 은밀한 속삭임도 없을 것이니 거리를 쓰나미처럼 덮치게 될 이 훼방꾼은 상처받을까 두려워하는 연인들에겐 매우 위험한 것인지도 몰랐다.

누군가의 목소리가 그의 귀에 닿았다. 가게 주인이었다.

아, 손님. 어디까지 말씀드렸죠? 아무튼 좀 전에 말씀드린 바와 같이 이 와인은 말이죠, 오크통에서 숙성되면 될수록 말이죠, 더욱 깊고 힘차게 익어가면서 말이죠, 자신의 진가를 드러내면서, 마치 벨리댄서처럼 말이죠, 속살을 훤히 드러내 보이면서 말이죠,

그러니까 마시는 사람으로 하여금 그 뭔가를 견딜 수 없게 만들 정도로 특별한 매력을 발산시킨다고 할까요?

그는 또 하나의 와인을 품에 안았다. 그는 그 와인을 건네받을 때 주인의 손과 닿지 않도록 주의했다. 그는 역시 세상의 모든 손을 믿을 수 없었다. 그의 얼굴에 의심스러운 빛이 떠올랐다. 하지만 금세 사그라졌다. 그는 네, 그러니까 지금까지 저에게 추천해주신 그 모든 와인을 마셔보았군요, 대꾸하려다 말고 물고기! 하고 소리를 질렀다. 얼핏 바라본 창밖으로 물고기 한 마리가 천천히 헤엄치고 있었다. 네? 손님, 방금 물고기라고 했나요? 수면 위로 쑥 떠오른 물개처럼 주인의 얼굴이 출렁거렸다. 유리창의 사각 프레임 속엔 아직도 물고기 한 마리가 넘실댔다. 먹구름이 좀 전보다 더 낮게 내려앉았다. 저녁 즈음에 찾아올 무시무시한 바람이 강한 폭풍우를 동반하겠다는 암시인지도 몰랐다. 물고기는 파란 치마에 짙은 오렌지색 재킷을 입고 있었다. 부챗살처럼 활짝 펴진 파란 치마가 물살을 살랑살랑 밀치며 가로질렀다. 그는 그 물고기가 틀림없이 엔젤피쉬일 거라고 생각했다. 그때 자동문이 열리는 기척이 났다. 웬 남자가 갑작스러운 두려움처럼 불쑥 나타났다. 남자의 출현은 일말의 망설임도 없어서 그는 흠칫 놀랐다. 남자는 땅딸막한 체구였다. 어깨는 넓고 팔이 짧았지만 멋쟁이였다. 열린 문틈으로 차 소리와 빗소리와 나뭇잎 뒤집어지는 소리가 안으로 한꺼번에 밀려들어왔다. 곧 자동문이 닫히는 소리가 났다. 뒤이어 어서 오십시오, 하는 주인의 작대기 같은 목소리가 들려왔다. 주인이 실례한다는 뜻의 눈인사를 하고 돌아섰다. 블루는 다시 유리창의 사각 프레임 속으로 빠져들었다. 어쩌면 그 물고기는 엔젤피쉬가 아니라 키싱구라미일지도 모르겠어, 하고 그는 생각했다. 그는 그 물고기의 몸에다 아낌없이 시선을 주었다. 하지만 엔젤피쉬이거나 키싱구라미일지도 모르는 그 물고기는 그 어딘가로 영영 떠나가버렸다. 대신 그 자리엔 한 손에 휴대폰을 든 청년이 이쪽을 보듯 말 듯 하며 지나갔다. 등적색의 가죽점퍼와 낡은 청바지 차림의 청년은 멋진 애인을 동반하고 있었다. 짙은 청색 재킷과 잿빛 스카프를 날리고 있는 여자의 두 눈가가 은색으로 빛났다. 여자가 두리번거리는 청년에게 뭐라뭐라 말했다. 뒤쪽에서 땅딸막한 남자에게 와인을 설명하고 있는 주인의 목소리가 띄엄띄엄 들려왔다. 이곳에서 들려오는 소리는 그게 다였다. 두꺼운 유리창 탓에 밖의 소음이 전혀 들리지 않았다. 좀 전에, 잠깐 열린 틈으로 밀려들어와 어디에든 상관없이 달라붙었던 그 소음들은 어디에도 없었다. 자동문이 닫히면서 소음이 싹 지워졌고, 물속에 잠겨 있는 듯 귀가 먹먹해졌다. 그는 이곳이 어디일까, 하고 생각했다. 물론 이곳은 와인 가게였다. 오랜 시간 오크통 안에서 숙성의 비밀을 간직한 와인들이 그를 여기저기서 에워싸고 있었다. 기품 있는 여인이 여기에 있구나 싶으면 위풍당당한 여인이 저기에 있었다. 곱게 나이 든 중후한 여인이 그의 발목을 잡을 때, 불꽃처럼 활활 타오르는 여인이 팔목을 잡았다. 성모마리아처럼 숭고한 느낌을 주는 여인도 있었고 야성과 지성을 겸비한 듯한 여인도 있었다. 어딘지 섬세하고 우아한 여인 곁에서도 그는 머뭇거렸다. 좀더 기다려야 할 것 같은 고고한 느낌을 주는 여인 앞에선 가슴이 뛰었다. 그리고 이상하게 조용히 가슴을 파고드는 여인도 있었다. 게다가 풍성한 향들의 잔치가 벌어지고 있었다. 과일 냄새인가 싶으면 나무 냄새가 났다. 체리 향인가 싶으면 베리 향이 났다. 사향 냄새인가 싶으면 캐러멜 냄새가 콧속으로 흘러들었고, 초콜릿 냄새는 구수했다. 그리고 풋사과 냄새랄까, 딸기 향이랄까……. 맙소사, 그는 앞이 몽롱했다.

어느새 그의 두 눈엔 몽롱한 빛이 담겨 있었다. 마법의 음료라도 마신 것 같았다. 그는 그 눈으로 저 건너 세상을 바라보았다. 유리창의 사각 프레임 속에는 울긋불긋하고 알록달록한 관상어들의 세상이었다. 그 물고기들 뒤로 포플러나무가 바람을 묵묵히 맞고 있었다. 검은 포플러나무였다. 그 나무를 배경으로 제브라 다니오 한 마리가 살랑거렸다. 푸른색 몸에 흰색 줄무늬 물고기. 초보자들에게 가장 키우기 쉽다는 그 제브라 다니오를 엄마는 그에게 선물했었다. 얘야, 어항 속 물고기를 바라보거라. 그러면 마음이 편해진단다. 그때 그는 유별나게 산만하고 툭하면 친구들과 싸우는 열두 살짜리 소년이었다. 소년은 그 제브라 다니오와 눈을 맞추려 했지만 녀석은 눈을 맞춰주지 않았다. 손님, 와인 맛은 무궁무진하죠. 뒤쪽에서 주인의 목소리가 들려왔다. 그의 얼굴엔 하릴없이 눈길을 빼앗기다 그만 넋을 잃고 만 사람의 긴 시선이 담겨 있었다. 어항 속 제브라 다니오는 푸른색 지느러미를 노련하게 떨면서 천천히 헤엄을 쳤다. 하지만 녀석은 무엇엔가 잔뜩 성이 난 듯한 볼멘 얼굴을 했다. 열두 살짜리 소년이 엄마에게 말한다. 저 녀석에게 짝꿍을 하나 만들어주면 어때? 엄마와 소년은 제브라 다니오에게 똑같은 제브라 다니오를 선물해주었다. 하지만 두 달 뒤, 그들은 숨을 거뒀다. 무슨 이유에선지 꼬리지느러미 끝 부위가 썩어 들어갔고 입 주위로 번지더니 끝내 회복되지 못했다. 소년은 그들의 죽음을 이해하지 못했다. 며칠 뒤 엄마는 다른 물고기 암놈과 숫놈을 수족관 안에 넣곤 조명등을 켜며 말했다. 잊어라. 세상에 물고기는 너무 많잖니? 소년은 어쩔 수 없이 새 식구를 받아들였다. 새 식구는 두 마리의 블루 디스커스였다. 블루 디스커스들은 약간 살쪘고 튼튼해 보였다. 어항 속 물고기를 들여다보고 있으면 반나절이 훌쩍 지나간 것도 몰랐다. 물고기의 움직임을 따라가다 보면 어느새 졸음이 왔고 어느새 잠들었다. 그들은 완벽한 유혹자였다. 와인이야말로 정말 깨끗한 술이죠. 뒤쪽 어딘가에서 누군가가 말했고 그렇죠, 물 한 방울도 안 넣고 과일 백 퍼센트로 완성된 것이니 과연 깨끗한 술이라고 할 수 있죠, 하는 목소리가 넌지시 들려왔다. 그들은 그렇게 말한 것 같았다. 어항 안에는 디스커스 두 마리가 뺨을 붉히며 서로에게 조금씩 다가갔다. 키스를 하고 싶은 걸까? 짝짓기를 하려는 걸까? 서로의 몸을 밀착시킨 그들은 입맞춤을 하며 뭔가를 말하고는 신이 나서 춤췄다. 수중발레라도 하는 것 같았다. 축제가 끝나고 나서야 그들은 짝짓기를 했다. 그곳은 둘만의 은밀한 공간이었다. 소년은 물고기 두 마리가 다투는 꼴을 본 적이 없었다. 그곳에선 그 어떤 싸움도 그 어떤 갈등도 없었다. 그 어떤 의심도 그 어떤 투쟁도 없었다. 오로지 부드러움의 교류만 존재하고 있었다. 그 부드러움에 취하고 있으면 한 녀석이 어느새 살며시 다가와 소년을 똑바로 응시하기도 했다. 녀석은 무슨 말을 하려는 것 같았다. 소년은 물고기와 이야기를 나눴다. 소년이 말했다. 난 너희들처럼 더 이상 싸우고 싶지 않아졌어. 어머나, 그래? 하지만 그러기는 어려울걸? 난 너희들처럼 의심도 하고 싶지 않아졌어. 어머나, 그래? 하지만 그게 그렇게 쉽지 않을걸? 쉽지 않다고? 음, 잘 모르겠지만, 넌 우리들처럼 살 수는 없을 것 같아. 어째서? 글쎄, 글쎄, 글쎄. 소년은 뻐끔뻐끔, 하는 물고기들의 둥근 입을 오랫동안 들여다보았다. 소년은 알 수 없이 마음이 아팠고, 그것은 위가 오그라드는 아픔이었다.

그런데 마음이 아프다는 건 어떻게 알까? 그는 거리를 걷는 사람들을 바라보았다. 방금 지나가는 사람들은 유달리 아픈 기색이라곤 없었다. 난 아픔 같은 건 모르죠. 난 슬픔 같은 건 모르죠. 난 그런대로 잘 지내왔어요. 난 집도 있고 예쁜 자동차도 있답니다. 게다가 멋진 애인도 있고요. 그들은 정말 불행이 뭔지 모르는 사람의 태연하고 자약한 얼굴로 유리창 밖을 지나갔다. 특별히 저 어린아이들이 그랬다. 노란 몸에 보송보송한 얼굴로 삐약삐약 떠들면서 다다다다 몰려오는 한 무리의 어린아이들은 너도나도 잔치처럼 웃어댔다. 부모 물고기가 치어들을 데리고 소풍이라도 나온 것 같았다. 그 치어들을 보자, 그는 이유 모를 슬픔에 휩싸였다. 지금은 저곳에 있지만 너무 빨리 저곳을 떠나버릴 치어들이었다. 치어들이 떠날 때 붙잡아봐야 아무 소용이 없는 치어들이었다. 그러므로 그 치어들은 애초부터 그의 손이 가닿을 수 없는 저 너머에 있었다.

물고기들이 오고가고, 행인들이 왔다 갔다 하고.
물고기들이 왔다 갔다 하고, 행인들이 오고가고.

블루는 걸었다.

한 걸음 앞으로, 반걸음 뒤로.

한 걸음 앞으로, 반걸음 뒤로.

안녕하세요, 제 이름은 디스커스죠. 그가 저고리의 윗단추를 여미곤 가슴에 손을 대며 인사를 했다. 안녕하세요, 제 이름은 부르고뉴 십이 년산이랍니다. 허브 향을 슬쩍 비치며 미소를 건네고 있는 그녀는 우아했다. 우아한 여인이 그의 팔목을 잡았다. 왜 당신의 이름은 디스커스죠? 한 걸음 앞으로, 반걸음 뒤로. 그가 말했다. 네에, 디스커스는 세 갈래 길에서 왔다 갔다 배회하는 사람을 말한다고 하네요. 혹은 파스칼처럼 끊임없이 생각하는 사람이기도 하고요. 사랑하는 사람들은 모두 디스커스죠. 끊임없이 뭔가를 생각하지 않으면 안 되는 사람들이니까요. 혹시 물속에도 삼거리가 있나요? 그 옆에서 잽싸게 물어보는 여인은 불같이 빨갰다. 물론이죠, 하지만 아는 물고기만 알죠. 그는 다른 여인에게 시선을 돌렸다. 안녕하세요. 전 디스커스라고 해요. 그가 태양같이 밝은 목소리로 말했다. 안녕하세요. 전 포이약 십오 년산이죠. 음, 당신의 외모는 근사하네요. 원반 모양의 멋진 몸과 자주색 머리 그리고 등과 배에 펼쳐져 있는 푸른색 가로줄무늬가 환상적이에요! 어깨를 쫙 펴고 위풍당당한 포즈를 취하고 있는 그녀의 몸에선 사향 냄새가 났다. 한 걸음 앞으로, 반걸음 뒤로. 사향 냄새를 풍기는 여인에게 그는 다시 말했다. 제 용모를 칭찬해주시니

고맙네요. 네, 전 디스커스 중에서도 블루 디스커스니까요. 한 걸음 앞으로, 반걸음 뒤로. 그런데, 오늘 저녁 큰 바람이 분다지요? 그가 약간 걱정스러운 표정을 얼굴에 담고는 다른 여인에게 말했다. 그러게 말이에요. 전 괜찮지만 사람들 외투 자락이 펄럭펄럭하겠죠? 까만 라벨을 달고 모델처럼 서 있는 그녀의 몸에선 흙냄새가 났다. 그 냄새가 조용히 가슴을 파고들었다. 그는 계속 걸었다. 좀 엉뚱하고 특이하달 수 있는 자신의 걸음걸이가 지루하기는커녕 상당한 재미를 느꼈다. 쉬지도 않고 멈추지 않고 언제까지나 반복할 수 있을 것 같았다. 하지만 돌연 걸음을 멈추고 머무적거렸는데, 우연히 눈에 띈 여인 때문이었다. 그 여인의 몸에선 콕 집어 말하기 어려운 향이 났다. 여인은 까만 피부를 갖고 있었다. 주인을 기다리다 지친 듯 어깨가 잔뜩 처져 있었다. 여인의 고향은 어디일까. 그는 그 여인에게 다가가 라벨 속 잔다란 글씨를 들여다보았다. 그러자 징글징글한 태양 아래 까맣게 변해가고 있는 올리브나무가 눈앞에서 둥그렇게 나타났다. 그는 여인이 태어난 곳을 방문한 적이 있었다. 삼 년 전이었다. 신약 개발에 필요한 원료를 알아보기 위해 찾아간 곳은 이탈리아 '토스카나'였다. 그곳이 여인의 고향이었다. 그곳의 포도나무 전경이 눈앞에 펼쳐지고 있을 때였다. 찬바람이 그의 얼굴을 후려쳤다.

자동문이 열렸을 때였다. 그 틈새를 비집고 그를 덮친 건 세찬

바람만이 아니었다. 요란한 차 소리와 거리에서 시끄럽게 떠드는 십대들의 목소리 그리고 정신없이 뒤집어지는 나뭇잎 소리가 한꺼번에 그의 몸에 달라붙었다. 그 소리들이 가차 없이 그를 꾸짖는 것 같았다. 일해야 하는 낮 시간에 몽상이라니, 그런 건 쓸데없는 짓이라고 특히 바람이 매질했다. 그는 정신이 번쩍 났다. 땅딸막한 남자가 힘차게 나가고 있었다. 남자의 잘 빠진 양복이 그의 눈길을 끌었다. 바느질이 섬세한 양복이었다. 특히 상의의 옷깃은 누군가가 손으로 직접 꿰맨 듯했다. 피부처럼 몸에 딱 맞는 고급 재질의 양복 아래로 토실토실한 적갈색 구두코가 반짝 빛났다. 땅딸막한 남자는 손 하나 까딱하지 않고 품위를 유지하면서 나갔다. 자동문 덕분이었다. 제 할 일을 마쳤다는 듯 자동문이 쫙, 하고 닫히는 소리를 냈다. 남자의 손엔 큼지막한 쇼핑백 하나가 들려 있었다. 머지않은 시간, 쇼핑백을 들고 손 하나 까딱하지 않고 그 자세 그대로 밖으로 나갈 수 있는 가능성이 그에게도 있었다. 그는 잘 알고 있었다. 쇼핑백을 들고서 문을 열고 닫아야 하는 불편함을 피할 수 있을 것이다, 무엇보다 손가락 접촉을 피할 수 있을 것이다, 자동문이 그 역할을 수행해줄 것이다. 그는 유리창 건너 총총 멀어져가는 땅딸막한 남자를 보면서 그 생각에 잠겼다. 그때였다.

무릇 좋은 양복이란 말이죠. 말할 것도 없이 섬세함에 달려 있겠죠?

주인의 목소리였다. 그는 땅딸막한 남자에게 가 있던 시선을 접고 고개를 돌렸다. 주인이 실팍한 양손을 살살 비벼댔다. 기분이 괜찮은 모양이었다. 주인이 검지손가락을 위로 치켜세우곤 말을 잇댔다.

와인도 마찬가지죠. 섬세함에 따라 그 가치가 결정이 나는 것이죠. 자, 손님. 이제 결정을 하셨나요?

그렇겠죠. 그 말에 다른 의견이 있을 수 없겠죠.

블루는 결정을 했느냐는 질문엔 딴전을 피우곤 고개를 끄덕끄덕하면서 말했다. 그러고는 고향을 그리워하는 것 같은 여인, 그러나 아무것도 할 수 없는 여인을 곁눈질했다. 여인의 몸은 넘쳐흐르지 못해 굳어버린 검은 찰흙 같았다. 그가 입을 떼었다.

그런데 저는 삼 년 전에 멧돼지 사냥을 본 적이 있죠.

네? 멧돼지요?

주인의 눈에서 푸르스름한 빛 하나가 확 타올랐다. 그 눈빛은 맙소사, 도대체 무슨 소릴 하는 거죠? 하고 말하는 것 같았다. 갑자기 웬 멧돼지 타령이죠? 하고 말하는 것 같았다. 블루가 다시 말했다.

출장차 이탈리아의 '토스카나'라는 곳을 갔는데, 일을 마친 뒤 거래처 사람을 따라 볼게리로 갔어요. '마테오'라고 하는 그 사람은 똑똑하고 빈틈없는 사업가였지요. 토스카나에서 볼게리는 멀지 않는데, 그 사람은 휴일이면 그곳에서 느긋한 멧돼지 사냥을 즐긴다더군요. 그래서 어차피 시간도 남은 터, 멧돼지 사냥을 보러 간 거죠.

아, 예에. 그랬군요.

주인이 잘 경청했다는 듯 진지한 표정을 짓곤 말했다. 그러고는 두 손바닥을 하늘로 향하게 하고 엄지손가락을 네 손가락에 붙이더니 가슴께에다 놓고 흔들었다. 예의를 담은 얼굴 표정과는 달리 그 손 제스처는 이런, 난감하군요, 나에게 왜 그런 이야기를 하는 거죠? 하고 말하는 것 같았다.

글쎄요, 제가 왜 이런 얘기를 하는 걸까요. 저도 그 이유를 알 수 없군요.

블루도 두 손바닥을 맞대곤 시계추가 움직이는 것처럼 까딱거렸다. 그가 말을 이었다.

멧돼지들은 '마키아'라는 바닷가 근처의 덤불 사이에서 숨어 지내거나 훨씬 내륙지방인 아, 이름은 잘 기억나지 않네요. 아무튼 그곳 숲 속에서 지낸다고 하더군요. 그러다가 밤이 되면 기어 나온대요. 잡식성에 몰래 다니는 이들은 잘 익은 포도를 좋아한다나요. 오죽하면 그곳에선 진정한 포도 전문가는 멧돼지라고 할 정도니까요.

그러니까 멧돼지들이 포도밭을 휩쓸면서 최상급 포도를 골라 먹는다, 이겁니까?

이마를 찡그린 주인의 얼굴에 떨떠름한 표정이 떠올랐다. 아직 덜 숙성된 붉은 포도주 한 모금을 삼킨 사람의 얼굴과도 같았다. 말에도 욕망이 있는 걸까. 말이 목구멍을 비집고 자꾸 밖으로 나왔다.

그렇죠. 최상급 포도를 골라 먹는 거죠. 게다가 멧돼지의 외모는 동정을 사기는 어렵잖아요? 그 사나운 이빨의 멧돼지가 진정한 포도 전문가라니요. 애통한 일이죠.

블루는 주인이 어떻게 생각하든, 자신이 하고 싶은 말을 다 하고 싶었다. 그는 멧돼지 사냥 목격담을 어디서부터 꺼내는 게 좋을지 잠시 생각했다. 그가 말을 이었다.

블루는 마테오를 바라보았다. 마테오는 사냥개들을 묶은 가죽 끈을 세차게 잡아당겼다. 덤불을 지나면 또 덤불, 마테오는 무전기로 뭔가를 주고받았고, 점차 그의 숨소리가 거칠어졌다. 마테오의 임무는 멧돼지 무리를 발사부대 쪽으로 몰고 가는 일이었다. 마침내 준비를 마쳤다. 사냥개를 맡은 이들이 개의 목줄을 풀기 시작했다. 개들을 향해 빨리 가! 어서! 하고 외치는 마테오의 목소리가 야성적으로 들렸다. 마테오는 하늘을 향해 산탄을 쏘았다. 있는 대로 자극을 받은 개들이 얼른 몸을 젖히고 사납게 짖어대며 사방으로 흩어졌다. 그러는 사이, 눈에 핏발이 선 백발의 남자가 엽총을 무릎 위에 올려놓고 의자에 앉아 기다렸다. 호랑가시나무와 코르크나무에서 좋은 냄새가 났다. 상록수나 노간주나무에서 뿜어져 나오는 향과 야생허브 향이 그 냄새들과 뒤섞이면서 산 전체를 말없이 휘돌았다. 블루는 눈이 충혈된 백발의 늙은 남자 곁에 앉아서 멧돼지를 쫓는 사냥개의 울음소리에 귀를 기울였다. 멀리에서 사납고도 무질서하게 짖어대는 소리가 한꺼번에 들려왔다. 그 소리가 점차 가까워졌다. 블루는 의자에 앉아 가슴 졸이면서 무슨 일이 일어나기를 기다리는 것밖에는 할 일이 없었다. 개들이 짖는 소리가 아주 가까웠다. 백발의 남자가 벌떡 일어나 총구를 겨눴다. 개들이 일으키는 소동에 따라서 총을 들고 쏠 자세를 취하는 그 백발의 남자는 뭔가에 매달리는 눈빛이었다. 드디어 총성이 울렸다. 또다시 총성이 울렸다. 몇 번의 총성이 더 울렸다. 개들이 내는 소리가 점차 가라앉았다. 잠시 뒤, 덤불 사이로 개 하나가 자신만만한 얼굴로 나타났다. 다른 개들도 늠름한 표정으로 나타났고, 이십 분 만에 전쟁은 끝이 났다. 싱겁고 일방적인 전쟁이었다. 그들은 멧돼지 두 마리를 잡았다. 헐떡거리는 그들의 가슴에서 피가 폭포처럼 쏟아졌다. 두 마리 다 수컷이었다. 서른 명의 사람과 수많은 사냥개가 동원되어 거구의 멧돼지를 잡는 일은 지나치게 쉬웠다. 마테오가 말한 대로 느긋한 멧돼지 사냥이었다.

　마침 점심시간이었다. 모두 나무 그늘에 모여 앉았고 대부분 담배를 피우며 떠들어댔다. 맹활약을 펼친 개들에 대한 이야기를 나누다가 집에서 만든 와인 이야기로 이어졌다. 그릴에선 두툼한 스테이크가 익어가고 있고 강렬한 햇살이 지글거렸다. 사냥을 하는 데 큰 공을 세운 남자가 멧돼지를 칼질했다. 멧돼지의 몸에서 콩팥을 꺼냈고 간을 꺼냈고, 박진감 넘치게 심장을 꺼냈다. 콩팥과 피와 지라 그리고 심장과 간을 챙기느라 그는 분주했다. 블루는 노련한 솜씨로 고환을 떼어내 먹는 백발의 남자를 바라보며 물었다. 맛있나요? 백발의 남자가 거친 목소리로 대답했다. 그럼요, 굉장히 맛있어요. 그때 먹어볼 테야? 하고 말한 사람은 마테오였다. 마테오가 손가락으로 가리킨 건 머리였다. 오일과 레드와인 식초로 요리한 멧돼지의 머리는, 그러고 보니 낯익은 것이었다. 정육점에 매달려 있는 돼지의 희고 뭉툭한 코를 볼 때완 달리 마음속에서 불편하게 요동치는 건 없었다. 하지만 블루는 먼저 심장과 간을 조금씩만 먹었다. 야생짐승을 잡아 즉석에서 검증되지 않은 음식을 먹기는 난생처음이었다. 평소라면 어림도 없는 일이었다. 블루는 야생포도로 만들었다는 레드와인을 집어 들곤 마개를 땄다. 그 지역의 큰 자랑거리라는 그 와인의 향은 잘 알 수 없었다. 하지만 향이라는 건 절대로 감출 수 있는 것이 아니었다.

가죽 냄새랄까, 야생고기 냄새랄까, 그런 비슷한 냄새가 나무 냄새와 섞여서 복잡한 냄새를 풍겼다. 블루는 그 냄새에 취했다. 블루는 내친김에 얇게 썰어놓은 멧돼지 머리를 눈 딱 감고 한입 먹었다. 그러고는 와인을 한 모금 입에 담았다. 맛이 쾌적하면서도 힘이 넘쳤다. 뾰족한 신맛이 혀 전체를 적셨고 특유의 뒷맛을 느꼈다. 블루는 한 모금 더 입에 담았다. 그러고는 두터운 질감을 맛봤다. 그는 생각했다. 어쩌면 와인이야말로 그 안에 너무 많은 비밀을 간직하고 있는 게 아닐까?

블루는 여기까지 말한 뒤 멋쩍은 웃음을 지었다. 주인은 턱을 안쪽으로 당긴 채 말이 없었다. 팔짱을 단단히 끼고서였다. 그는 알고 있었다. 자신은 분명한 목적을 갖고 이곳을 찾은 소비자일 뿐이었다. 그건 누구보다도 주인이 더 잘 알고 있을 것이었다. 그러므로 그는 주인에게 하려는 말을 마저 할 수밖에 없었다.

이상하게 들리겠지만, 언젠가 이 거리를 지날 때였어요. 걷던 중 이 가게의 무지갯빛 쇼윈도에 이끌렸죠. 걷는 게 지루해서는 아니었고요. 뭐랄까요, 굳이 말하자면 쇼윈도의 빛과 색채에 매혹되었달까요. 아니면, 디스플레이 된 선홍색 와인들이 에로틱해서랄까요. 암튼 이 가게 쇼윈도 앞에서 걸음을 멈췄던 기억이 나는군요.

아, 그랬군요.

주인이 느린 동작으로 팔짱을 풀고는 조금 밝은 표정을 지었다. 그는 조금 마음이 놓였다.

그때는 봄이었고, 저는 이 가게의 쇼윈도 진열대에서 우연히 '사랑하는 여인들'을 목격하게 되었죠. 사랑하는 여인들은 제 발길을 묶었고, 제 시선을 사로잡았어요. 저는 그 여인들에게 마음을 온통 빼앗겼어요. 하지만 오늘은 날씨 때문인가, 쇼윈도는 슬픔의 행진이군요. 저기 저 '슬픔이여, 안녕'은 슬픔에 가득 찬 듯 빛도 없이 온통 까만색이군요. 그래선지 까만 상복을 연상케 하고요. 그 까만 상복을 입고 여인들은 어디로 가는 걸까요? 뭐 구구절절 말씀드릴 필요는 없겠군요. 아무튼 그럼에도 불구하고 이곳에 발을 들여놓은 순간 완전히 새로운 세상에 발을 들여놓은 기분이었어요.

완전히 새로운 세상이라고요?

주인이 어지간히 놀라는 목소리를 냈다.

그래요. 하얀 벽면에 선명하게 새겨진 와인을 보기 위해 마치 터널을 들어가야만 하는 공간구조 때문만은 아니었어요. 저는 이곳에서 까맣게 잊었던 이러저러한 추억들이 떠올랐어요. 저는 추억들을 즐겼지요. 수많은 와인의 맛과 향도 물론 즐겼고요. 그러던 중 저는 이곳이 꼭 놀이터 같다는 생각이 들더군요.

놀이터라고요? 방금 놀이터라고 했나요, 손님?

놀라실 줄 알았어요. 분명 그래요. 이를테면 좀 전에 말씀드린 그 멧돼지 사냥 목격담도 우연히 떠오른 추억인 거고요. 정말 예기치 않게 말이죠.

아, 그랬군요. 저는 왜 손님이 그런 얘기를…….

네, 물론 압니다. 가게는 어떤 가게든지, 물건을 사고팔기만 하면 두 사람의 관계는 끝나는 곳이죠. 더 이상의 볼일은 없는 곳이죠. 그럼에도, 이해하실진 모르겠지만, 그리고 아까도 말씀드렸지만, 저는 여기가 꼭 놀이터 같다는 생각을 했던 겁니다. 그러다 보니 이 놀이터에서 좀더 머무르고 싶었던 거고요. 물론 핑계로 들리실진 모르겠지만요.

그럴 리가요. 음, 물론 손님 말씀을 전부 이해한 건 아니에요.

주인이 다시 톤을 높여 말했다.

그렇지만 대강 무슨 뜻인지는 알겠다고요.

그러고는 양손을 들어 올리곤 엄지와 검지를 이용해 동그라미를 만들었다. 이해했다는 뜻이거나 괜찮다는 뜻인 것 같았다. 이제 보니 주인은 손짓을 많이 사용하는 사람이었다. 주인이 또 말했다.

네, 네. 그랬군요. 그러고 보니 저도 놀이터 생각이 나네요. 어릴 적 놀았던 그 놀이터 말이죠.

주인은 긴 시선으로 창밖, 어딘가를 보았다. 그러곤 말했다.

사실 말이죠, 대개의 엄마들이란 아이들의 세계에 털끝만큼도 관심이 없단 말입니다. 저의 어머니도 그랬죠. 그러니까, 몇 살 때였더라? 암튼 놀이터에서 모래놀이에 정신이 팔려 있었죠. 영혼까지 내어줄 정도로 말이죠. 그때였어요. 엄마가 창밖으로 얼굴을 배죽 내밀고 동네가 떠나가도록 제 이름을 고래고래 부르더란 말입니다. 밥 먹어라! 밥 먹어라! 젠장! 사실 말이죠, 그깟 밥 한 끼 굶으면 좀 어떻습니까? 안 그래요, 손님?

맞아요. 맞습니다.

그도 주인이 그런 것처럼 양손을 들어 올리곤 엄지와 검지를 이용해 동그라미를 만들었다.

저는 손님이 한 말을 이해했건 못했건 간에 이것만큼은 분명히 알고 있죠. 놀이터에서 놀이를 하는 데 정신이 팔려 있는 아이들을 결코 방해해선 안 된다는 것을요. 정말이지 우린 아이들을 방해해선 안 된다고요! 네, 네, 이젠 우리 모두 그 사실을 잘 알고 있죠.

그러고는 주인은 한 팔을 쭉 내밀곤 수평선을 긋더니 자, 아무것도 신경 쓰지 말고 여기서 얼마든지 머무세요, 정말 아무것도 신경 쓰지 말고요, 했다. 주인의 두 눈에 너그러운 빛이 담겨 있다. 그도 오른손을 들어 손바닥을 펼치곤 가슴께에 가만히 대었다. 고맙다는 뜻이었다.

그는 유리창의 사각 프레임 속을 다시 바라보았다. 호, 불면 날아갈 것 같은 말라깽이 여자가 포플러나무 아래서 누군가와 통화를 하고 있었다. 손에 펑퍼짐한 쇼핑백을 든 한 무리의 사람들이 말라깽이 여자를 지우면서 지나갔다. 나뭇잎들이 공중에서 빙글빙글 돌았다. 바람에 견디다 못해 몇 개의 나뭇잎마저 몽땅 쥐버린 포플러나무만 빈손이었다. 말라깽이 여자가 웃고 있었다. 장면이 바뀐다. 우락부락하게 생긴 남자가 가죽 재질의 손가방을 들고 유리창의 프레임 속으로 휘이휘이 들어왔다. 남자가 돌연 발을 멈췄다. 하늘을 향해 커다랗게 미소를 지으며 한 손으로 바지주머니를 뒤적거리는 남자 뒤에서 말라깽이 여자는 일그러진 반쪽이었다. 또 장면이 바뀐다. 발목까지 오는 자주색 부츠 위로 한 손에 쇼핑백을 들고 막 들어온 여자의 얼굴이 밝아 보였다. 오늘의 쇼핑이 여자를 행복하게 해준 것 같았다. 쇼핑백 여자가 차도쪽으로 향했다. 택시를 잡으려는 모양이었다. 아니, 누군가를 부르고 있는 손짓인가? 그러고 보니 그들의 얼굴은 웃고 있거나 더크게 웃고 있거나 아니면 편안한 얼굴을 하고 있었다. 그들은 제법 괜찮은 하루를 보내고 있는 것 같았다. 하지만 장면이란 게 정지되는 법은 없었다. 거리에 사람들이 자꾸 흘러가듯이, 장면도자꾸만 이동했다. 거리의 사람들은 되돌아갈 집이 있었고, 장면도 어디론가 도착하기 위해 자꾸만 몸을 뒤트는 것 같았다. 좀 전의 장면이 또 다른 장면으로 몸을 바꿀 때 그런 생각을 했고, 그는 방금 남자가 꺼낸 담배와 라이터를 바라보았다. 두께가 두꺼운 담배에 어렵사리 불을 붙인 남자는 신경질적으로 라이터를 껐다. 담배를 든 남자의 손이 수전증 환자처럼 파들파들 떨었다. 하늘을 향해 큰 미소를 지었던 남자는 이제 무심하고 태평한 얼굴이었지만, 담배를 쥔 손은 그 어떤 말을 하고 있었다. 그 뒤에서 통화를 하는 말라깽이 여자도 그랬다. 머리를 기울인 채 통화를 하면서 손등을 집요하게 긁어댔다. 그 손 모습이 간간이 풋, 하고 웃는 얼굴과 이상한 대조를 이루고 있었다. 담배꽁초를 행인용 재떨이에 툭 던진 남자는 이제 다른 행동을 했다. 손날 공격을 하는 것처럼 한쪽 손을 세워 자신의 손바닥을 두드려댔다. 쇼핑백 여자는 아무래도 택시가 잡히지 않는지 포플러나무에 기대섰다. 통화를 하면서 손등을 긁어대던 말라깽이 여자는 더 이상 손등을 긁어대지 않았다. 대신 자홍색 외투 밑으로 드러난 귤색 스웨터의 보푸라기를 뜯었다. 쇼핑백 여자는 택시 잡는 걸 잊었는지 포플러나무에 기댄 채 떨어질 줄 몰랐다. 그는 여자의 몸은 뭘 말하고 있는 걸까, 생각했다. 그들의 몸은 어떤 말을 하고 있지만 그것이 무엇인지 그는 몰랐다. 얼굴과 몸은 떼려야 뗄 수 없는 것인데 그 둘은 서로 다른 말을 하고 있었다. 다른 말을 하고 있다는 것. 그가 아는 건 그게 다였다.

그만 여길 떠나요! 곧 바람이 세질 거예요! 하고 그는 쇼핑백 여자에게 말하고 싶었다. 무엇이 여자를 그곳에 서 있게 하는 건지 돌연 궁금해졌다. 마구 불어대는 바람 속에서 여자는 깊은 추억에라도 잠겨 있는 것일까. 행인들이 오가고, 여자의 모습이 마술처럼 지워졌다가 다시 나타나곤 했다. 유리창 안에는 여자만 자리를 떠나지 않았다. 택시를 타고 제 갈 곳을 가려던 쇼핑백 여자는 갈 곳이 어디인지 잊어버린 걸까? 그런데, 갈 곳이 없다니. 그는 아내를 떠올렸다. 당신과 늘 같이 있고 싶어요. 연애는 갑작스럽게 시작되었고 돌발적으로 튀어나오는 아내의 대담한 응석에 마약처럼 빠져들었다. 잠시도 떨어지기 싫다는 아내의 거침없는 말투가 아니어도 그는 아내를 사랑했었다. 그런데 늘 같이 있고 싶고, 잠시도 떨어지고 싶지 않다던 아내는 결혼 후 얼마 못 가서 지독한 기관지염에 걸렸다. 그때 아내의 목소리가 고장 난 걸까? 그 이후, 아내는 서로 다른 두 목소리가 맞부딪치고 엇갈리면서 튀어나오는 허스키한 목소리가 되어버렸다. 그 생소한 목소리가 아내의 몸에 딱 달라붙어 지금까지도 놔주지 않는다. 아내의 외출이 잦아진 건 언제부터였을까. 지금도 아파트는 텅 비어 있을 것이고 햇빛을 제대로 쐬지 못해 시그러진 식물들이 집주인처럼 홀쭉하니 앉아서 지루한 표정을 짓고 있을 것이다. 아무 개성 없이 뻔하게 놓여 있는 가구들을 뭔가 견딜 수 없는 표정으로 바라보기도 하면서. 하긴, 아파트의 집집마다 가구들은 약속이라도 한 듯이 엇비슷하고 또 엇비슷하게 놓여 있기는 하다. 그래서일까? 그는 집에 들어가면 왠지 버림받은 느낌이 들곤 했다. 집에서의 휴식은 더 이상 휴식이 아닌 것 같았다. 그러면 이제 어디에서 휴식을 취해야 하나. 내 아내, 마젠타. 지금 마젠타는 어디에 있을까? 늦은 아침, 겨우 눈을 뜨면 끝없이 문을 열고 떠나는 아내. 더이상 집에선 아무 감정도, 그 어떤 욕망도 일어나지 않는다는 아내를 그는 더는 어찌해볼 수 없었다. 그런데 일해야 하는 낮 시간에 아내를 떠올리고 궁금해하다니, 그는 흠칫 놀랐다. 아내의 행방에 골몰할 만큼 태평한 낮 시간을 보낸 적이 없었다. 아직도 포플러나무 아래는 딱 정지된 메마른 얼굴 하나가 떠 있었다. 흘러가야 하고 바다의 뗏목처럼 떠내려가는 것이 자연스러운 풍경 안에서라면 쇼핑백 여자도 어디론가 이동해야 하는 것이 맞을 것이다. 표류하는 사람들 속에서 혼자만 표류하지 못하고 멍든 사람처럼 그렇게 서 있어선 안 되었다. 이봐요, 날 좀 봐요! 하고 그는 참다못해 말했다. 여자는 손에 닿을 듯 가까이 있었다. 내 얘기 좀 들어봐요, 곧 바람이 커진다니까요! 그는 여자의 어깨에 손을 얹었다. 그저 우연히 찍은 사진 한 장을 손에 쥐었을 뿐인데 그 사진에서 시선을 떼지 못했던 어느 날 오후를 떠올렸다. 자신이 왜 그랬는지 지금에서야 얼핏 이해한 것도 같았다. 쇼핑백 여자는 지금 저곳에 있지만 저곳을 떠나야 하는 사람이었다. 여자가 떠나면 두 번 다시 여자를 볼 수 없을 것이다. 게다가 여자는 옆얼굴이었다. 여자의 콧날은 날카로웠다. 상처를 받을까 두려워하는 것같은 단단한 경계심 같은 것이 여자의 콧날을 날카롭게 빚어놓은 것 같았다. 언젠가 지독한 상처를 받았다면 여자는 똑같은 상처를 다시는 겪고 싶지 않을 것이다. 행인들의 발걸음은 급하고, 오직 그만이 익명의 여자를 붙들고 있었다. 저 여인의 육체는 곧 사라지겠지, 하고 그는 웅얼거렸다. 그러고 보니 그건 자신도 마찬가지였다. 이 와인 가게에서 오랫동안 머물고 싶어도 영원히 머물 수는 없는 것이다. 누가 부인할 수 있겠는가. 그러므로 그는 그여인을 좀더 눈에 담고 싶었다. 지금 이 시간 바람이 불고, 포플러나무에 멍하니 붙어 있는 지금의 저 여인을 기억하지 않으면 그누구도 기억해주지 못할 테니까.

헤엄쳐라, 물고기야. 그는 중얼거렸다. 그 어떤 갈등도 없고 그어떤 의심도 없는 그곳에서, 하고 생각했다. 그러자 수족관에서 푸른 물고기 두 마리가 별안간 물 위로 튀어 올랐다. 물고기들의움직임은 유연하고 생각보다 훨씬 부드러웠다. 동글납작한 얼굴에 악기 케이스를 들고 있는 청년 하나가 그를 슬쩍 쳐다보곤 지나갔다. 무심한 눈이었다. 악기를 든 청년이 유리창에서 지우개로 지우듯 지워졌다. 그는 자신의 시야에 오롯이 드러난 쇼핑백 여자에게 말을 걸고 싶은 충동을 느꼈다. 하지만 무슨 말을 해야 하지? 여자에게 다가가 말을 걸기 위해선 어떤 분명한 목적이 있어야 하지 않을까? 저, 지금 몇 시인지 알려줄 수 있나요? 아니면 저, 죄송하지만 전철역으로 가려면 어느 방향으로 가야 하죠? 그도 아니면 저 실례지만, 혹시 불 좀 빌려줄 수 있나요? 하지만 그런 말들은 딱히 어떤 분명한 목적을 갖고 있다고는 볼 수 없었다. 정말이지 그 어떤 목적도 없이 불쑥 다가가 말을 건다면 여자는 의심을 할 것이고, 놀란 얼굴로 뒷걸음치곤 도망갈 것이다. 그는 그걸 모르지 않았다.

그는 또 하나의 행인을 바라보았다. 하얀 점이 콕콕 박힌 옷을 입은 눈이 댕글댕글한 여자가 걸음을 멈출까 말까 멈칫거린다. 정말 예쁜 물고기 같았다. 여자가 이쪽을 바라보았다. 와인을 사고 싶은 걸까? 연약하고 조그만 턱을 조금 쳐들곤 이쪽을 들여다보는 그녀는 지금 무엇을 찾고 있다. 어릴 적, 그가 그랬듯 수족관 속 물고기들 중 가장 예쁘고 아름다운 물고기 한 마리를 찾는 눈빛과도 닮았다. 수족관을 아무리 들여다봐야 블루 디스커스가 가장 사람을 끄는 물고기란 걸 그녀는 금방 눈치챌 것이다. 그는 멋진 몸과 아름다운 옷을 뽐내는 한 마리 디스커스가 되어 폼 나게 섰다. 그녀가 그의 눈을 똑바로 응시했다. 마치 뭔가를 말하려는 것처럼 말이다. 그런 그녀의 눈빛은 소년에게 살며시 다가와 소년의 눈을 똑바로 응시하는 물고기의 눈빛과도 닮아 있었다. 열두 살짜리 까치머리 소년은 이젠 더없이 성숙한 물고기가 되어 익명의 물고기를 응시했다. 하얀 점이 콕콕 박힌 물고기가 봉긋봉긋한다. 이봐요, 당신 거기서 뭘 하는 거죠? 그가 말한다. 당신이 보다시피 수족관 속 물고기를 바라보고 있죠. 그러자 하얀 물고기가 한발 물러서곤 정색을 하며 짧은 지느러미를 떤다. 이봐요, 당신은 뭘 잘못 알고 있네요. 여기는 수족관이 아니라고요. 여기는 어마어마한 태평양인걸요! 그러고는 하얀 물고기는 바쁘다는 듯 지느러미를 요란하게 흔들며 유리창의 프레임 밖으로 헤엄쳐 나갔다. 뭐라고요? 태평양이라고요? 하얀 물고기가 삭제되었다. 하얀 점이 콕콕 박힌 물고기를 다시는 볼 수 없을 것이다. 거리의 행인들이 그렇게 나타났다가 삭제되었다. 몇몇 사람들이 지나가면서 그를 쳐다보았다. 그들이 유리창에서 조금씩 지워졌다. 그는 화들짝 깨어났다. 그렇구나, 태평양이었구나. 사람들이 오가고 지워지고 또 오가고 지워지고.

그런데 쇼핑백 여자만 여직도 포플러나무에 붙어 서 있었다. 왜 여자 혼자만 흘러가지 못하는 걸까. 그는 아내의 이름을 부르고 싶었다. 내 아내 마젠타! 마젠타! 당신 지금 어디에 있어? 곧 바람이 세질 거야. 어마어마하게 세질 거야. 쇼핑백 여자는 그가 보고 있다는 사실조차도 모른 채 꼼짝하지도 않고 서 있었다. 여자는 슬픈 걸까? 깊은 슬픔에 빠지면 대개 사람들이란 아무것도 하지 않으려는 경향을 보이니까. 정말 아무것도, 그 어떤 노동도. 그렇다면 나는 일해야 하는 낮 시간에 왜 이곳에서, 이 와인 가게에서 돌처럼 딱딱하게 선 채 창밖 거리를 바라보는 것일까. 나는 슬픈 걸까? 하고 그는 자신에게 물어보았다. 그는 지금의 이 낯선 감정 상태가 어디에 근거하는 것인지 전혀 알 수 없었다. 만약 그것이 슬픔이라면 아주 오래전에 잃어버린 그 근거 없는 슬픔을 여기서 만나고 있는 것이었다. 하지만 그는 자신의 슬픔을 이해하는 데 시간을 쓰고 싶지 않았다. 그는 쇼핑백 여자에게 다가가 말을 걸고 싶었다. 여자의 몸이 집요하게 뭔가를 말하고 있기 때문이었다. 힘들다고, 슬프다고, 고통스럽다고. 넋을 잃고 못 박힌 듯 서 있는 여자의 몸 어딘가를 만져본다면 그 몸은 그렇게 말할지도 몰랐다. 그 몸이 울먹울먹하며 말할지도 몰랐다. 저 여인의 육체가 감추고 있는 비밀은 무엇일까? 그는 알지도 못하는 누군가의 삶을 처음으로 걱정하고 있다는 걸 깨달았다. 그는 문득 마젠타와 떨어져 있지만 떨어져 있는 것이 아니라 함께 있는 것이 아닐까, 하고도 생각했다. 마젠타는 지금 여기에 없지만 그가 마젠타를 생각하고 있으므로 마젠타는 여기에 있는 것이다. 그는 마젠타를 보고 있었다. 거리엔 바람이 불고, 아무도 알아봐주지 않는 육체들이 뒤숭숭한 포즈로 걸어다녔다. 정말이지 빈손으로 다니는 사람은 거의 없었다. 그들은 무엇을 원하는 걸까? 마젠타는 무엇을 원하는 걸까. 저 여인의 몸은 무얼 말하고 있는 걸까? 어째서 바람은 부는 걸까? 그리고 나는 도대체 왜? 그는 유리창의 사각 프레임 속으로 뛰어들어갔다.

그는 쇼핑백 여자에게 말을 걸었다. 아무런 목적이 없었다.

안녕하세요. 전 블루라고 해요.

안녕하세요. 전 마젠타죠.

여자가 그 자세 그대로 대답했다. 깜짝 놀라는 기색 따윈 없었다. 여자의 두 눈엔 그 어떤 의심도 담겨 있지 않은 것 같았다. 여자의 쇼핑백이 바람에 부딪쳐 서걱대는 소리가 났다.

아, 고마워요, 마젠타 씨. 그런데 당신은 슬픈가요?

그는 궁금한 것을 아주 솔직하게 물어보았다. 여자가 고개를 천천히 돌렸고, 그는 여자의 얼굴을 잘 볼 수 있었다. 지금의 얼굴은 옆얼굴이 주는 느낌과는 달랐다. 무언가 애써 감추고 있어서 무엇을 위장하고 있는 듯한 옆얼굴이라면 완전하게 드러난 지금의 얼굴은 거짓이 없었다. 나는 아무것도 감추고 싶지 않아요, 하고 말하는 듯했다.

네. 아주 슬퍼요.

여자의 목소리는 있는 그대로 꾸밈이 없었다. 그 목소리에 조용한 슬픔이 섞여 있을 뿐. 하지만 그 목소리는 바람이 당장 앗아가버렸다.

블루는 최소한의 목소리만 내고 싶었다. 바람을 의식해서는 아니었다. 그린이 떠올랐기 때문이다. 대개 사람들은 너무 많은 말을 한다. 그린도 그랬다. 오늘 저녁, 그린의 집에서 조촐한 식사가 시작되면 그린은 눈알을 쉴 없이 굴리며 끝없이 주절거릴 것임에 틀림없었다. 그린은 끝도 없는 수다쟁이니까. 특히 사람들이 모일 때면 잠시 떠도는 어색함을 지우기 위해 난센스퀴즈를 마구 쏟아내는 그린이었다. 블루는 난센스퀴즈라는 걸 못 견뎌 했다. 그린의 난센스퀴즈는 평균 이십 분을 웃돌았다. 블루는 난센스퀴즈가 즐겁지 않았고 따라서 답을 말해본 적도 없었다. 그린, 제발 이야. 그런 노력은 하지 않아도 된다고! 하지만 블루는 그린의 난센스퀴즈를 끝없이 참아냈다. 어딘가 정신 줄을 놓쳐버려 반쯤은 미친 사람 같은 그린의 얼굴을 보면 왠지 마음이 약해졌다. 그러던 어느 날, 블루는 그린의 목소리에서 또 다른 목소리를 듣게 되었다. 그린의 난센스퀴즈를 참고 참다가 절대로 다물어지지 않는 그린의 입 앞에서 블루는 마침내 묘수를 부렸다. 블루는 그린의 벌어진 입 사이로 불꽃 무늬의 디스커스 한 마리를 밀어 넣었다. 그러자 원반 모양의 디스커스 한 마리가 그린의 입안을 에누리 없이 꽉 채웠다. 난센스퀴즈는 들리지 않았다. 그린은 정말 물고기가 되었다. 말 없는 말이 미치도록 돌아다녔다. 블루는 잠시

졸았다. 그러던 중 그린의 난센스퀴즈가 다시 들려오기 시작했고, 블루는 속이 울렁거렸다. 블루는 또 한 마리의 디스커스를 그린의 입안에 쑤셔 넣을 수밖에 없었다. 그린은 다시 물고기가 되었다. 벙긋거리는 그린의 입 사이로 수많은 디스커스 치어들을 토해내는 환영을 본 건 술 때문에 기분이 꽤 알딸딸했을 때였다. 정말 그린의 입에서 새끼 물고기들이 미끄덩미끄덩 쏟아져 나왔다. 식탁 위에는 작은 물고기들이 산더미처럼 쌓여 있었고, 죽어 있었다. 그때 블루는 들었던 것이다. 자동기계처럼 줄줄이 토해내는 그 목소리는 전혀 다른 말을 하고 있었다. 걱정하지 마, 난 거뜬하다고! 난 탱크니까 말이야. 난 잘 살고 있고, 앞으로도 아무 문제 없이 잘 살 수 있다고! 그런데, 정말 그럴까? 도대체 끝없이 수다를 늘어놓는 그린의 육체는 무얼 말하고 있는 걸까.

낙엽 하나가 뱅글뱅글 돌다가 그의 구두코 위로 떨어졌다.

쇼핑백 여자가 약간 고개를 숙이고 있었다. 그는 말했다. 물론 아무런 목적이 없었다.

자, 우리 걸을까요?

그가 여자에게 말하곤 시범을 보였다. 이렇게요, 한 걸음 앞으로 반걸음 뒤로.

여자는 놀라지도, 당황하지도 않았다. 여자가 순순히 보조를 맞췄다. 한 걸음 앞으로 반걸음 뒤로. 그러곤 여자가 말했다.

그 사람이 절 떠났거든요. (한 걸음 앞으로)

슬픈 사랑 이야기군요. (반걸음 뒤로)

오래전에 떠났어요. (한 걸음 앞으로)

오래전이라고요? (반걸음 뒤로)

전 그를 기다리고 있죠. (한 걸음 앞으로)

오래전에 떠났다면서요. (반걸음 뒤로)

물론 오지 않을 거예요. (한 걸음 앞으로)

그래도 기다려요? (반걸음 뒤로)

그래도 기다려요. (한 걸음 앞으로)

왜 떠났죠? (반걸음 뒤로)

바람 때문이었죠. 룰루 랄라 룰루 랄라. 바람 때문이었다고요? 룰루 랄라 룰루 랄라. 네, 바람 때문이었죠. 룰루 랄라 룰루 랄라. 거리의 옷자락이 흩날렸다. 거리의 낙엽들이 빙글빙글, 허공에만 머무는 것 같았다. 멋대로 사납게 바람이 불었다. 이 거리의 모든 것이 모호했다. 이곳은 어디일까? 저 사람들은 누구지? 지금 몇 시지? 나는 누구지? 왜 이 거리에서 배회하는 거지? 마젠타! 마젠타! 그는 절박하게 아내의 이름을 불렀다. 별다른 이유는 없었다. 그런데, 어디에선가 사람 하나가 죽었나? 거리는 슬픔의 행진이었다. 길을 따라 걸어가는 무수한 발들이 장례 행렬 같았다. 그는 뒤를 돌아다보았다. 검은 포플러나무 아래 서 있던 쇼핑백 여자는 자리에 없었다.

블루는 걸었다. 발길 닿는 대로 걸었다. 아무 생각이 없었다.

더 이상 아무것도 내어줄 게 없다고 나무 하나가 바람에게 손사래를 치고 있었다. 그때 웰빙식품 가게가 그의 주의를 끌었다. 입간판엔 이렇게 적혀 있었다. 웰빙! 당신의 건강을 지켜드립니다. 웰빙이라고? 이제 와서 웰빙시대라니. 그는 속으로 코웃음을 쳤다. 언젠가 웰빙 산책길도 조성이 되어야 하지 않을까? 하고 생각한 적이 있는데, 지금도 그랬다. 거리엔 정체가 불분명한 사람들이 너무 많았고 흔해빠진 공기도 믿을 수 없었다. 사람들의 얼굴과 몸에서 스멀거리거나 풍겨져 나오는 땀 냄새랄지 정액 냄새랄지 분비물 냄새 같은 것을 거리는 절대로 얘기하지 않았다. 그러므로 언젠가 반드시 거리는 제발 숨만이라도 쉬게 해달라고 하소연할 것이고, 그러면 좀더 위생적인 거리로 태어날 수 있을 것이다. 그런데 그러한 철저한 위생관념과 내 직업인 제약회사 연구원이 무슨 상관관계라도 있는 걸까? 마시는 종합 감기약, 판피린 에프! 가슴은 차갑게, 머리는 뜨겁게. 팔리지 않는 건 크리에이티브가 아니다. 아무렴, 맞는 말씀. 이가 아프시다고요? 그럼 게보린이죠. 우리의 만병통치약, 아! 스! 피! 린! 지금 몇 시지? 아, 오늘 저녁 약속이 있지. 오후 일곱 시까지 그린의 집으로 가야 하는 약속. 바이올렛. 그래, 바이올렛은 누구보다도 믿을 수 있는 여자야. 바이올렛의 음식도 믿을 수 있고. 청결하고 정갈하니까. 그린은 정말 럭키 맨이라니까. 무엇보다 화장실은 얼마나 깨끗한가. 그런 생각들이 그의 머릿속에서 두서없이 왔다 갔다 했다. 그는 웰빙식품 가게를 지났다. 바람이 위협적으로 덤비고 있고 사람들은 정신이 없는 얼굴을 하고 있었다. 상을 찌푸린 그들의 얼굴이 점차 공처럼 부풀어 올랐다. 갈피를 못 잡고 허둥거리는 그들의 몸통에 작살에 찔린 바다동물이 오버랩 되었다. 사람들이 패닉 상태에 빠진 것 같았다. 그는 사랑에 빠지고 싶었다. 바람 때문이었죠. 그 바람 부는 날, 거리의 나무에 붙어 있는 마젠타에게, 그는 말을 함부로 건넸었다. 당신은 슬픈가요? 마젠타는 의심의 눈으로 바라보지 않고 물처럼 순순히 답해주었다. 바람 때문이었죠. 세상의 어느 누구도 알지 못하고 이해할 수도 없는 두 사람만의 이야기. 은밀한 말들. 두 사람만 알고 있는 내밀한 언어들. 그때 마젠타는 물고기였다. 더없이 부드러운 한 마리의 물고기.

블루는 조금 더 걸었다. 지하철역이었다.

지하철역에는 수많은 사람들이 들끓고 있었다. 햇빛이 들지 않는 지하로 검은 강물이 흐르고 있었다. 기나긴 에스컬레이터를 타고 비탈지게 내려가는 그들의 뒷모습이 저승에 내려가는 사람들처럼 보였다. 죽은 지 이백 년도 지난 망자들의 행렬 같기도 했다. 뼈들이 내려가고 있었다. 뼈들이 걸어가고 있었다. 그는 그들의 얼굴과 마주치지 않았으면 했다. 언젠가 악몽 속에서 깍깍거렸던 공포심 같은 것이 밑바닥에서 꿈틀대기 시작했다. 때때로 그는 사람들의 얼굴을 보는 게 두려웠다. 언제였더라? 그는 수시로 변하는 얼굴 하나와 만난 적이 있었다. 꿈속에서였다. 좋았다가 슬퍼하고 화를 냈다가는 깔깔 웃는 그 사람은, 마치 조울증 환자처럼 보였다. 그 얼굴 때문에 그는 끝없이 난감했었다. 그 조울증 환자는 자, 이렇게 한번 따라해봐, 하고 그에게 자꾸만 지분댔다. 극단적인 감정을 나타내는 얼굴 표정을 흉내 내려면 무엇보다 극단적인 뻔뻔함이 필요했다. 그는 아무 반응을 보이지 않았다. 하지만 조울증 환자는 그의 몸에 끈덕지게 달라붙어 있었다. 그는 과도한 업무량 때문에 피곤했고 혼자 있고 싶었다. 무엇보다 좀 쉬고 싶었다. 그는 팔을 휘두르면서 저리 가! 저리 가! 하고 말했지만 빌어먹을 입에선 깍깍 소리만 비어져 나왔다. 갑자기 호흡 곤란을 느꼈고, 급히 가슴을 그러쥐었지만 가슴은 딴딴하게 굳어 있었다. 그는 오직 한 번만 비굴해지기로 마음먹었다. 그는 과장되게 즐거워했다가 얼른 슬퍼하는 표정을 따라 했는데, 자신이 생각하기에도 아마추어 배우 수준이었다. 그런데 변화무쌍한 얼굴이 요술처럼 감쪽같이 사라진 것이다. 그 이후 그 얼굴은 두 번 다시 찾아오지 않았다. 그는 에스컬레이터에 탄 채 자신을 괴롭히고 달아났던 조울증 환자를 떠올렸고, 익명의 눈들과 마주치는 일이 없었으면 했다. 에스컬레이터를 타고 내려가는 얼굴 없는 사람들 뒤에서, 그는 왠지 모를 부끄러움을 느꼈다. 그 부끄러움을 언제까지나 마음의 비밀박스 안에다 꼭꼭 감춰두고만 싶었다.

그는 미끈하게 빠진 여자 뒤에서 전철을 기다렸다. 오 분 뒤에 전철이 도착한다는 알림판을 확인한 뒤였다. 그는 오 분이라는 시간을 아무 생각 없이 쓰고 싶었다. 이제 조울증 환자를 잊고 싶었다. 하지만 뜻대로 되지 않았고, 기분이 구겨졌다. 그는 눈살을 찌푸렸다. 꿈속에서라도 휴식을 취할 수 있다면 얼마나 좋을까, 하는 말이 좀 안 되는 생각을 했다. 그건 황당무계한 생각이었지만 그는 휴식에 대한 미련을 떨칠 수 없었다. 늦은 밤 귀가하면 그는 메인 뉴스를 봐야 했고 혹시 그사이 외국에서 온 서신이라도 있는지 메일 체크도 해야 했다. 다음 날 스케줄도 실수가 없도록 머릿속에다 빈틈없이 저장해야 했고 또 실수하지 않기 위해 수면도 일정 챙겨야 했다. 아무 개성 없는 가구들이 아무 개성 없이 놓여 있는 아파트 공간에서 그는 일종의 숙제처럼 잠을 잤다. 정말이지 집에서의 휴식은 더 이상의 휴식이 아니었다. 그러면 이제 어디에서 휴식을 취해야 할까. 그는 그런 생각을 더듬적거리다 꿈속에서라도 휴식을 좀 취해보고 싶다는, 좀 전의 생각으로 되돌아갔다. 꿈이란 건 수면을 괴롭히거나 방해만 했을 뿐이다. 간혹 놀랍게도 짜릿한 기쁨을 안겨준 적도 있지만 영원을 가져다주지는 못했다. 이제 꿈이 있어야 한다면 그 꿈은 이전과는 다른 구도나 형태로 마치 선물처럼 기쁘게 찾아와서는, 놀이터처럼 존재해주길 바랐다. 긴 하루의 종착역이 꿈이라면, 그 도착 지점이 꿈 공간이라면, 그는 거기에서라도 안전하고 자유롭게 머물 수 있었으면 했다. 그 어떤 고통도, 그 어떤 투쟁도 없이. 그 어떤 갈등도, 그 어떤 의심도 없이.

그는 그러저러한 생각을 하며 미끈하게 빠진 여자의 다리를 보고 있었다. 지하는 당연하게도 어두컴컴했고 많은 사람들이 가득 모여 있었다. 바람을 피하려고 이곳에 모두 모여든 것 같았다. 뒤편에서 사람들이 여전히 허둥거리고 갈피를 못 잡는 듯 우왕좌왕해서 이곳에서도 바람이 부나? 하고 그는 잠깐 생각했다. 하지만 이곳은 센 바람을 피할 수 있는 곳이었고, 줄을 서야만 했다. 어두운 플랫폼에서 줄을 섰다. 이런 경우, 그는 언젠가 꾸었던 꿈속으로 들어가곤 했다. 그것은 쓸데없는 반복이었다. 꿈속으로 들어가지 않으려고 다른 생각거리를 찾았지만 그럴수록 빌어먹게도 생각나지 않았다. 그는 나선형의 계단으로 올라간다. 좁고 침침하고 긴 복도가 나온다. 웬 아치형 문 앞에서 다소 불친절한 얼굴의 남자가 그에게 따라오라고 손짓을 한다. 남자는 한 마디도 없다.

남자가 데려간 곳은 시드니 오페라 극장처럼 웅장하고 화려한 미술관. 그 앞, 어두운 광장에서 사람들이 표를 사려고 가득 모였다. 그 주변엔 미술관으로 향하는 수많은 다리들이 사방팔방으로 놓여 있다. 그 다리 위에서도 너무 많은 사람들이 줄을 서서 기다린다. 그는 맨 앞에서 촛불을 든 남자 하나를 본다. 어두운 광장에서 어정거리다 티켓을 구해볼까 하다가 촛불을 든 남자에게 말을 건넸다. 저, 어디로 입장하는 표입니까? 남자는 아무 말이 없다. 하지만 침묵이 말하고 있었다. 어디긴 어디겠습니까. 죽음으로 들어가는 문이죠.

꿈속, 그 사람들 앞에는 바로 열면 열리는 문이 있을 것만 같았다. 어느 다리든 그 다리를 건너면 죽음으로 들어가는 문이 있을 것만 같았다. 그는 죽음의 문으로 들어가는 티켓 한 장을 손에 쥔 것 같았다. 앞에 서 있는 여자는 늘씬한 키에 뱀처럼 매혹적인 몸매였다. 여자는 검은 스타킹을 신고 있었다. 굽이 얼추 십이 센티미터 정도 돼 보이고 앞코가 지나치게 뾰족한, 일명 킬힐이 여자의 두 발을 감싸고 있었다. 그는 여자의 뒤축을 무심히 볼 뿐 아무 생각도 안 하려 했지만 역시 뜻대로 되지 않았다. 그런 건 언제나 뜻대로 되지 않았다. 그는 여자의 맨발을 상상하고 있었다. 하이힐은 여자의 권력이라는 광고 문구가 느닷없이 생각났지만 그 뜻을 이해할 수 없었다. 하긴 광고 문구라는 것은 언제나 이해할 수 없는 것이어서 일종의 수수께끼처럼 여겨졌다. 어쨌거나 그는 여자의 구두를 보면서 여자의 맨발을 상상했고, 여자의 맨발을 상상하다 '수수께끼'라는 단어를 떠올렸다. 저런 구두를 소화하려면 여자는 보다 가혹한 대가를 치르지 않으면 안 될 것이다. 혹 발꿈치가 까지고 살이 벗겨지고, 그로 인한 무수한 상처로 인해 여자는 지저분한 발꿈치를 하고 있진 않을까? 지나치게 뾰족한 앞코로 인해 땀 찬 발가락 사이에서 세균이 번식되어 무좀이 퍼져 있는 게 아닐까? 그것도 아니면 여자의 발뒤꿈치에 최소한 굳은살이 박혀 있지나 않을까? 그는 무엇보다 여자의 발 냄새가 궁금했다. 저런 구두를 신고 종일 돌아다니면 공기가 통하지 않는 구두 재질로 인해 발 냄새는 어쩔 수 없는 것이다. 그는 검은 스타킹 안에 감춰놓은 여자의 발이 하얀 도자기처럼 매끈하고 각질도 없고 굳은살도 없으며 발볼이 좁은 예쁜 발이라곤 생각지 않았다. 어쨌거나 여자의 발은 자신과는 아무 상관이 없는 일이었다. 그는 그걸 잘 알면서도 시선은 여자의 스타킹을 자꾸만 벗겼다.

뎅뎅뎅뎅. 전철이 도착한다는 종소리가 급하게 울렸다. 이제 그만 생을 마감해야 해! 하고 재차 으름장을 놓는 목소리 같았다. 그는 그 망할 목소리를 받아들일 수 없었다. 그의 나이 이제 마흔 살이었다. 제기랄! 그는 말을 씹어뱉었다. 그에겐 아직 남겨진 시간이 있었다. 가장 믿었던 사람에게서 뒤통수를 한 대 얻어맞은 듯한 느낌이 들어 인상을 썼다. 이상하게 기분이 나빴다. 누구라도 상관없이 멱살을 움켜잡고 악을 쓰고 싶은 충동을 느꼈다. 웃기지 마, 난 너처럼 뼈가 되려면 아직 멀었어. 아직 소진해야 할 그 무엇이 남아 있다고! 그는 무엇엔가 크게 속고 있는 듯한 기분이 들었고 처음으로 자신이 바보 같다고 생각했다. 큰 속임을 당해 억울한 나머지 무기력증에 빠지거나 화병이 난 사람들을 위한 약은 없었다. 게보린? 판피린? 아스피린? 그런 약들이 절로 떠올랐는데 터무니없었다. 사실 그는 그런 약들을 한 번도 복용한 적이 없었다. 그건 그렇고 도대체 아무 생각도 안 하고 싶은데 왜 자꾸 생각들이 떠오르는 거지? 그는 생각이란 뭘까, 하고 생각했다. 어쩌면 사람들은 생각하고 싶지 않은 것만 생각하며 사는지도 모른다. 그렇다면 본래 생각하고 싶은 건 어디로 갔단 말이지? 하고 또 생각하고야 말았다. 그는 좋은 것을 생각하고 싶었다. 정말 좋은 것.

젊은 여자 하나가 핸드백의 지퍼를 열곤 손거울을 꺼냈다. 그러고는 무슨 이유에선지 깡마른 집게손가락으로 자신의 볼을 꾹꾹 눌러 보조개를 만들었다. 출입문 옆 가까이 몸을 기대고서였다. 그도 출입문 가까이에 있는 손잡이를 잡고 있었다. 전철은 사람들로 꽉 차 있었다. 그와 마주한 자리에서는 웬 청년이 독서를 하고 있었다. 펼쳐진 책을 양손으로 높다랗게 들고 있어서 책 제목이 금방 눈에 띄었다. 청년의 두 눈은 『재테크에 관한 대학생입문서』라는 책 속으로 함몰되어 있었다. 청년은 볼이 약간 우므러진 데다 합죽한 입을 오물거렸는데, 인생을 다 살아버린 늙은이 같았다. 그 청년 위로는 싸구려 광택이 번들거리는 ○○○비뇨기과의 광고판이 붙여져 있었다. 그 광고판에는 큼직한 약도와 함께 '남성 크기 최소 십칠 센티미터는 넘어야 진짜 남자다'라고 적혀 있었다. 그 문구를 보자 아무래도 그는 의기소침해지지 않을 수 없었다. 그 광고 문구대로라면 그는 남자지만 진짜 남자는 아니었다. 전철 안은 고요했다. 어릴 적 그는 공동묘지에서 곧잘 놀고는 했다. 공동묘지는 집에서 멀지 않은 곳에 있었는데 굉장히 고요했다. 처음으로 그곳에 갔을 때 너무 고요해서 마음대로 놀기엔 뭔가 거북살스러운 느낌이 들었었다. 그는 전철 안이 고요하다고 생각했고 그 고요함은 그를 어릴 적 까불고 놀았던 공동묘지로 데려가주었다. 하지만 이내 화들짝 깨어나고 말았다. 웬여자의 목소리가 다짜고짜 들려왔기 때문이다. 조금 더 큰 거 없어요? 그는 그 질문을 누구에게 한 것인지 몰라서 잠자코 있었다. 내가 잘못 들었나? 그는 머리는 놔둔 채 눈만 비뚜름히 하고 소리가 난 쪽을 바라보았다. 그의 눈에 제일 먼저 띈 건 바닷가재들이었다. 여자의 한쪽 팔에는 바닷가재들을 담은 바구니가 걸려 있었다. 대여섯 마리의 놈들이 검은 스타킹을 벗어 내리고 있는 여자의 속살을 안 보는 척하면서 보고 있었다. 돌출된 눈알을 뒤쪽으로 슬그머니 굴리며 볼 건 다 보고야 마는 엉큼한 눈이었다. 여자는 앞가슴을 볼통하게 내밀고 있었다. 여자의 스타킹은 까맸고 팬티도 까맸다. 좀 전에 그가 플랫폼에서 전철을 기다리고 있을 때, 앞에 서 있던 여자였다. 바로 그 킬힐 말이다. 긴 다리를 살짝 벌린 채 스타킹을 벗어 내리는 여자의 몸짓이 더없이 자연스러운 일상 같았다. 그래서일까, 말리는 사람이 없었다. 역정을 내는 사람도 없었고, 그러므로 끼어드는 사람도 없었다. 그들은 원래의 무심한 표정을 고수하고 있었다. 오로지 여자는 바닷가재 놈들만의 눈요깃감이었다. 무덤덤한 사람들의 얼굴을 보자 그도 그만 시들해졌다. 그는 여자에게 가 있던 시선을 접고는 다시 공동묘지로 던졌다. 공동묘지는 묘지가 정말 많아서 깜짝 놀랐다. 전경은 초록빛의 둥근 산이었고 그 위로 흰 구름이 느리게 떠다녔으며 나무들이 자꾸만 꾸물거렸다. 언뜻 보면 그다지 특별할 게 없는 한 폭의 풍경화와 다르지 않았다. 그런데도 무덤들은 자꾸만 줄을 서고 있었다. 마치 미술관 앞에서 많은 사람들이 줄을 서서 기다리듯 말이다. 그 평범하기 짝이 없는 그림을 좀더 가까이에서 보려고 줄을 서는 자들이 놀라웠다. 그때, 그는 생각했다. 그림을 보려고 이렇게 줄을 서서 기다리고 있는데, 이자들이 정말 죽은 자들일까?

그는 자신의 손을 내버려두었다. 손잡이는 그대로 의심스러운 것이지만 얼결에 손잡이를 잡았거나 말거나 상관없다는 생각이 들었던 것이다. 처음부터 손잡이를 잡고 있다는 걸 모르지 않았다. 하지만 지금은 왠지 그 손잡이에 깨나른해진 온몸을 의지하고 싶었다. 왜일까. 많은 생각들이 이처럼 머릿속에서 범람해본 적이 없어서일까? 땅 위의 삼거리가 아무렇지도 않듯 물속에도 삼거리가 정말 있는지도 모를 일이다. 그렇다면 머릿속에서도 세 갈래길이 있지 말라는 법이 없었다. 사무실을 나온 뒤, 머릿속 삼거리에서 많은 생각들이 왔다 갔다 해서인지 그는 조금 늘쩍지근했다. 그는 손잡이에 의지한 채 또 하나의 여자를 바라보았다. 독서를 하는 늙은 청년 옆에서 대학생으로 보이는 그 여자도 책에다 코를 박고 있었다. 대학 시절, 그도 읽었던 『백경』이란 소설이었다. 고개를 수그린 탓에 코안경을 걸친 얼굴이 제법 진지해 보였다. 그런데 여자는 특기할 만한 점이 있었다. 여자는 책을 읽으면서 자위행위를 했다. 한 손이 짧은 치마 속으로 기어들어간 채 어기차게 꼬물댔다. 그 손은 부끄러움이라는 걸 모르고 있었다. 어느 누구도 의식하지 않는 듯 여자의 얼굴은 태연했다. 그는 그런 여자가 놀라웠지만 이상하리만큼 신경을 쓰는 사람이 없었고, 그래선지 그 역시 이상할 것도 없다는 생각이 들었다. 소설을 읽는다는 건 근본적으로 그 텍스트와 성행위를 하는 것일 수도 있지 않나? 정말 가만 생각해보니 뭐, 별것도 아닌 걸 가지고 호들

갑을 떨 일이 아니었다. 그는 생각했다. 그렇다면 이 사람들 역시 나와 같은 생각을 했단 말인가? 쳇, 알 수 없었다.

다음 역을 알리는 안내방송이 들려왔다. 기계가 말을 했다. 기계 목소리는 전철 안의 고요를 깨뜨리는 일을 참 열심히도 했다. 어떠한 대가도 없이 맡겨진 일을 그냥 열심히 하는 착한 기계였다. 고요가 꼼짝없이 잡혀 먹혔고, 그는 깜짝 놀랐다. 연구실의 한 귀퉁이에서 현미경으로 시험관을 들여다보는 웬 남자의 등이 놀랍도록 확대되어 눈앞에 떡하니 나타났다. 그 등짝의 주인은 하얀 가운을 입었고, 그저 열심히 뭔가를 들여다봤다. 누구의 등짝인지는 알 수 없었다. 마치 태어날 때부터 뭔가를 들여다보는 일만 계속해왔던 듯 등이 납작하게 눌려 있고 심하게 굽어져 있었다. 그는 그 남자가 꼽추라는 걸 알았다. 눌리고 눌려서 비어져 나온 혹 덩어리가 남자의 등에 불뚝 솟아 있었다. 혹 덩어리는 사발만큼 컸고 그는 부끄러웠다. 그는 그 혹 덩어리를 아무도 들여다보지 않았으면 했다. 그러면서도 그 혹 덩어리를 남몰래 보았는데 묘하게 에로틱해서였다. 보면 볼수록 혹이 점점 불거졌다. 이제 혹 덩어리는 럭비공만 해졌다. 흰 가운 남자는 자신의 혹이 팽창된 것도 모르고 늘 그래왔던 듯 하던 일에 열중했다. 혹 덩어리는 단순한 혹 덩어리가 아닌 것 같았다. 아무리 억누르려 해도 기어코 비어져 나오고야 마는 하나의 거대한 욕망 덩어리 같았다.

혹시 흰 가운 남자가 등에 붙은 혹 덩어리의 존재조차도 알지 못하는 게 아닐까, 그는 생각했다. 현미경으로 시험관을 들여다보는 남자의 뒷모습이 지나치게 천연덕스러워 보였다. 그는 그 남자에게 알 수 없는 분노를 느꼈다. 혹 덩어리는 남자에겐 쓸모가 없어 보였다. 그는 있으나 없으나 마찬가지인 남자의 혹 덩어리께로 손을 가져갔다. 그러고는 남자의 혹 덩어리를 단호하리만치 비틀어서 떼어내버렸다. 남자에게 용서를 구할 마음은 없었다. 그는 그 혹 덩어리를 가장 절실하게 아껴줄 사람이 누구일까, 생각했다. 그러자 검은 스타킹을 벗어 내리며 조금 더 큰 거 없어요? 하고 물었던 킬힐 여자의 목소리가 메아리쳤다. 그는 검은 스타킹 여자에게 망설임 없이 다가갔다. 그러고는 여자의 벌어진 새빨간 입안에다 혹 덩어리를 천천히 밀어 넣었다. 혹 덩어리는 여자의 입안을 꽉 채웠다. 여자는 기꺼이 혓바닥을 놀리며 그것을 맛봤다. 만족스럽다는 듯 두 눈을 푹 감고서였다. 여자가 혹 덩어리를 맛보는 동안 그는 충족감을 맛봤다. 참으로 대단한 충족감이었다. 하지만 그런 충족감이라는 건 영원히 지속될 수는 없었다. 그는 검은 스타킹 여자에게 이제 그만 멈춰요! 하고 주인처럼 말했는데, 그러자 놀려대던 여자의 혀가 하인처럼 멈췄다. 여자에게 상처를 주기 위해서는 아니었다. 여자의 액이 묻어 있어 끈적하고 매끄러우면서 부드럽기 그지없는 혹 덩어리가 자꾸만 꿈틀댔기 때문이다. 그것은 다른 곳으로 이동하고자 꿈꾸는 욕망의 꿈틀거림이었다. 이제 혹 덩어리는 그의 손안에 버젓이 놓여 있었다. 그는 자위행위를 어기차게 하고 있는 여자의 늪지대로 시선을 옮겼다. 하지만 여자의 늪지대까지 넘볼 수 없었는데 한 무리의 사람들이 전철 안으로 옴질옴질 들어오고 있기 때문이었다. 전철 안은 이제 발 디딜 틈이 없이 꽉 찼다. 탑승 정원을 초과했는지 열차가 기나긴 몸통을 살짝 흔들며 칙, 소리를 냈다. 이 시간, 이렇게 많은 사람들 사이에 몸을 바투 끼고서 전철을 타보기는 처음이었다. 출퇴근 시에는 승용차를 이용했고 낮 시간은 일터에서 보내야 했으니까. 꾸물꾸물 밀려오는 사람들에 의해서 무력하게 떠밀리는 일이 없도록 손잡이를 쥔 손에 그는 힘을 가했다. 그럴수록 사람들과의 몸 접촉은 피할 수 없었다. 그것은 다른 느낌이었다. 불편하거나 불쾌하다기보다는 너와 나의 구분이 없어진 것 같은 낯선 느낌이었다. 그 느낌이 그에게 안도감을 주었다. 너와 나의 거리가 삭제되었다. 그는 아무런 제스처를 쓸 필요가 없었다. 타인이 그를 바라보지 않는 지금 이 시간, 그가 어떤 행동을 취한다 하더라도 하등의 의미가 없었다.

블루도 그들 중 누구와도 눈을 맞추지 않았다. 그가 보고 있는 건 오직 사람들의 등이었다. 등이 이상하게 굽어져 있었다. 오늘도 맡은 바 열심히 일했을 사람들의 외투에서 시큼한 도시락 냄새가 났다. 그는 그들의 등을 에워싸고 있는 할랑한 외투를 들쳐보고 싶은 욕망에 붙들렸다. 앞사람의 가무칙칙한 외투 안에 손을 슬쩍 밀어 넣고는 등짝에다 주먹을 만들어 붙였다. 그 등에 주먹만 한 혹 덩어리가 툭 비어져 나왔다. 그 혹 덩어리는 튜브에 공기가 차듯 점차 부풀어 올랐고, 그 혹을 감당하지 못한 외투가 덜름하게 올라갔고, 그 장면이 코믹해서 큭, 웃었다. 그는 이내 그 상상이 속절없다고 생각했다. 그의 의지와는 상관없이 생각들이 왔다 갔다 했다. 그러던 중 참, 내가 언제 전철을 탔지? 하고 생각했고, 검은 스타킹 여자를 다시 바라보았다. 전철을 타고 어디론가 가고 있는 사실을 인지하고 있었지만 언제 전철을 탔는지는 기억나지 않았다. 전철이 곧 도착한다고 뎅뎅뎅뎅 울리는 신호음을 기억했고, 거기까지였다. 그는 좀 전에 자신이 무슨 생각을 했고 무엇을 보았는지 떠올려보았다. 두 개의 꿈 외에 아무것도 떠오르지 않았다. 아니, 검은 스타킹을 신은 여자의 킬힐을 내려다보며 전철을 기다렸던 자신이 그려졌다. 그리고 정말 거기까지였다. 그의 코에 쉬지근한 땀 냄새가 달라붙었다. 아니면 미세한 오물 냄새인지도 몰랐다. 잇달아 시궁창에서 나는 똥 비슷한 냄새가 희미하게 그의 코끝을 스쳤다. 그 냄새는 자신의 몸에서 나는 이런저런 냄새, 이를테면 겨드랑이 냄새랄지 담배나 술에 전 냄새와 막무가내 섞여서 바람 한 점 통하지 않는 전철 안에 겨우 모여 있었다. 검은 스타킹을 신은 여자가 바닷가재 바구니를 팔목에 걸친 채 사람들 틈을 비집고 걸어왔다. 내리려는 걸까? 여자가 출입문 가까이에 섰다. 바구니 밖으로 머리를 비죽 내민 놈들의 턱수염이 시건방져 보였다. 그리고 여전히 엉큼한 눈이었다. 그는 곁눈질로 녀석들을 보다가 쯧쯧 녀석들하고는, 중얼거렸다. 그는 회심의 미소를 지었다. 오후 일곱 시에는 잘 구워진 바닷가재를 먹을 수 있을 것이다. 녀석들의 몸통에 시선을 둔 채 또다시 의미심장한 미소를 지었다. 놈들은 열기를 받으면 붉은색이 된다지. 가장 맛있는 부분이 집게발이란 것도 잘 알지. 물론 바닷가재 식사는 오늘 저녁, 그린의 집에서 있을 것이다. 하지만 바로 눈앞에서, 저녁에 있을 조촐한 바닷가재 파티가 벌어지고 있었다. 지금, 여기에서 한창이었다.

그는 놈의 꼬리를 뚝 끊었다. 그러고는 포크로 후벼 팠다. 그는 꼬리 안에 숨어 있는 졸깃한 살점을 악착같이 찾아내곤 게걸스럽게 싹싹 긁어 먹었다. 그러면 나머지 다섯 마리는 어떻게들 하고 있을까. 그것들도 마찬가지였다. 바닷가재는 모두 여섯 마리고, 여섯 사람에 의해 그것들은 몸통껍질에 달라붙은 살까지 모조리 발려지고 있었다. 그린은 역시 수다스러웠다. 아니나 다를까, 눈알을 굴리며 난센스퀴즈를 식탁 위에다 줄기차게 쏟아냈다. 블루는 식탁 위를 둘러보았다. 난도질을 당한 놈들의 껍질이 여기저기 추저

분하게 쌓여 있었다. 다들 술을 엄청나게 마셔댔다. 식탁 위는 온통 쓰레기였다. 그린이 말했다. 아, 퀴즈가 또 하나 생각났네. 이번엔 아주 심각한 퀴즈니까 잘 들어봐. 결혼과 이혼과 재혼의 법칙을 알고 있어? 물론 모르겠지. 내가 말할게. 그러니까 결혼은 말이야. (그린, 그만해줘!) 이십대에 눈에 콩깍지가 끼어서 판단력이 흐릴 때 하는 게 결혼이지, 알지? (제발, 입 좀 멈춰줘!) 그럼 이혼은? (제발!) 참고 참다가 인내력이 부족해서 하는 게 이혼이지, 알지? (정말이지 나도 인내하고 있다고!) 그럼 재혼은? (그린, 토할 것 같아.) 재혼은 결혼과 이혼을 했음에도 기억력이 흐릿해져서 하는 게……. 그린이 트림을 했다. 그때 블루가 재빠르게 그린의 말을 잘랐다.

블루: 음, 바닷가재는 수심 이백 미터 아래에서 산다지? 아니, 이천 미턴가?

인디고: 글쎄, 잘 모르겠는데. 혹시 수심 이십 미터는 아니고?

그린: 설마. 근데 수심 이백 미터면 어떻고 이천 미터면 어때서 그러지?

인디고: 그러게 말이야.

블루: 그건 그렇지 않아. 중요한 문제라고.

그린: 어째서?

블루: 깊이에 따라서 수압이 다르니까 말이야. 만약 수심 이천 미터라고 해보자고. 수압이 어마어마할 거 아니겠어? 도대체 상상이나 되겠느냐 말이야.

인디고: 엄청나겠군, 정말. 비교가 안 되겠군, 정말.

그린: 그러니까 수심 이백 미터라는 거야, 아니면 이천 미터라는 거야?

블루: 글쎄, 그게 좀 아리까리하다니까.

인디고: 그렇담 그냥 이백 미터라고 해두지 뭐.

그린: 답답하기는. 수심 이백 미터면 어떻고 이천 미터면 어때서 그러냐니까.

블루: 그게 그렇지 않다니까. 중요한 문제라니까. 깊이에 따라서 수압이 다르다니까.

블루는 참을 수 없이 오줌이 마려웠다. 그는 강이나 호수 혹은 바다와 관련된 이야기를 하거나 듣노라면 여지없이 오줌이 마려운 징크스가 있었다. 바로 곁에서 아내인 마젠타가 쩍 하품을 하고는 투덜댔다. 이런 하릴없는 대화나 들으면서 더 견딜 생각을 하니 벌써부터 머리가 아파오네요. 아내의 말에 의하면 세 사람이 이런 대화를 몇 번이고 거듭하고 있다는 것이었다. 아내가 한마디 더 했다. 아무리 술에 취했다지만, 다들 지치지도 않는 모양이네요. 아내 말이 사실이라면 반성을 해야 마땅했다. 그는 생각에 잠겼다. 아내를 위해서, 아니 모두를 위해서 좀더 건전하고 유익한 이야기를 해야 하지 않을까? 그는 건강에 관한 한 누구 못지않은 정보를 갖고 있었다. 그는 단전호흡에 관한 정보를 끄집어내어 열띤 대화를 나누고자 했다. 그는 당장이라도 오줌을 지릴 것만 같아 낑낑댔지만 마치 십자가를 지고 골고다의 언덕을 오르는 예수의 심정으로 아내를 위해, 아니 모두를 위해 말문을 열었다.

이봐, 바닷가재에 대해서라면 내가 꽉 잡고 있지. 현미경을 들여다보듯 구석구석 알고 있어. 바닷가재는 말이야, 수심 이백 미터 아래에서 살지. 아니, 이천 미턴가? 하긴 이백 미터면 어떻고 이천 미터면 어떻겠어. 어쨌든 수압이 엄청 세겠지? 이놈들은 말이야, 먹이를 발견할 땐 눈에서 푸른빛을 발산시키지. 아니, 붉은 빛인가? 어쨌든 놈들은 어쩌다 일 년에 한 번 올까 말까 한 난류를 만나면 갑자기 정신이 없어지면서 붕 떠오르게 된다는군. 그러니까 이 녀석들도 바로 그런 녀석들이라는 거지. 순간 이 녀석들은 흥분했던 걸까? 쯧쯧. 이 녀석들, 가만 보니 안됐네. 녀석들이 어쩌다 이렇게 됐을까.

블루는 무심코 검은 스타킹을 신은 여자 뒤에 섰다. 전철을 탈 때도 내릴 때도 자신이 검은 스타킹 뒤에 서 있다는 걸 깨닫기까진 오랜 시간이 필요 없었다. 그는 검은 스타킹을 보면서 운명이란 단어를 떠올리기 싫었지만 운명이란 단어를 물리칠 수 없었다. 그는 평소에 근거도 없이 함부로 믿고 싶어 하는 싸구려 감상주의자에 속하는 축들을 극도로 경멸했다. 그녀의 바구니에서 거무튀튀한 바닷가재 한 마리가 눈을 뒤룩거리며 그를 쳐다보았다. 그도 놈에다 눈을 맞추곤 눈알을 뒤룩뒤룩 굴렸다. 놈을 흉내 내는 일이 덧없다고 생각하면서도 그 짓을 당장 멈추지는 않았다. 그는 빨리 저녁이 왔으면 좋겠다고 생각했다. 오늘 저녁엔 바이올렛이 구워주는 바닷가재와 와인을 마시며 모처럼 특별한 기분을 만끽하고 싶었다. 그는 벌써부터 시장기를 느꼈고, 그러자 군침이 돌았고, 또 그러자 슬픔이여, 안녕이라는 말이 느닷없이 찾아왔다. 슬픔이여, 안녕은 검은색 와인으로 와인 가게 진열대의 오늘 콘셉트였다. 바람이 불고 날씨는 음산하고, 그래선지 그녀들의 검은 발걸음이 장례 행렬 같았다. 그에 반해 '사랑하는 여인들'은 말했었다. 날 따라와요. 그곳에 가면, 거기에 도착하면, 우린 굉장히 즐거울 거예요. 슬픔이여, 안녕은 사랑하는 여인들과는 달리 말이 없었다. 연신 침묵의 발걸음이었다.

열차가 섰다. 문이 벌컥 열렸다.

어서 와, 블루!

그린이 통나무 같은 양팔을 마구잡이로 휘둘러대며 거하게 환영해주었다. 하지만 어딘지 못마땅한 표정이랄까, 서운한 표정 같은 것이 그린의 얼굴에 담겨 있었다. 그린이 양팔을 휘두르며 따지듯 물었다.

근데, 블루, 어디 갔다 이제 온 거야?

으응, 화장실 좀 다녀왔어.

타원형의 하얀 식탁 위엔 세 쌍의 부부의 것으로 보이는 붉디붉은 술잔이 놓여 있었다. 그린과 바이올렛이 나란히 앉아 있고, 인디고와 옐로도 그랬고, 그런데 마젠타만 혼자였다. 혼자 앉아 있는 마젠타의 옆모습이 쓸쓸해 보였다. 그가 말했다. 당신은 왜 혼자 있어? 술을 홀짝이는 아내의 옆얼굴이 서먹했다. 아내가 꼼짝도 하지 않고 말했다. 글쎄요, 왜 혼자 있을까요? 그는 아내의 옆자리에 함부로 앉아도 되는 걸까, 의구심이 들었다. 마젠타가 자신의 아내라는 건 분명한 사실이지만, 그건 지금이 그렇다는 것이고, 언젠가 극도로 짧은 순간, 지금의 이 사실이 부정당할 수 있다는 공포심이 밀려왔다. 가슴속에서 찬바람이 쌩쌩 부는 것 같아 그는 비틀거렸다. 하지만 그는 아내의 옆자리에 어색한 포즈로 앉으면서 이 자리에 앉아도 될까요? 라는 말을 하지는 않았다. 만약, 이 자리에 앉아도 될까요? 라고 묻는다면 되돌아올 마젠타의 대답은 어쩌면 감당하지 못할 수도 있는 종류의 것일지도 몰랐다. 혹 이런 종류의 대답 말이다. 끔찍해요, 제발 가주세요. 난 당신을 알지 못해요. 고통스러워요! 그린은 아직도 두 주먹을 불끈 쥐고 허공을 지악스럽게 흔들어댔다. 블루는 얼뜬 표정으로 그린에게 말했다. 그린, 아까부터 왜 그렇게 팔을 휘둘러대는 거야?

어, 블루. 좀 도와줘. 사구 파리 한 놈이 날 못살 게 굴잖아. 훠이! 훠이! 이놈, 당장 꺼지지 못해? 그린은 날마다 간을 쪼아 먹히는 프로메테우스의 얼굴을 하고 있었다. 바로 옆에서 마젠타가 마젠타답지 않게 어깨를 들썩이며 훌쩍이기 시작했다. 그가 알기로, 아내는 걸핏하면 징징 짜는 그런 종류의 여자는 아니었다. 그는 아내의 의사와 상관없이 함부로 옆자리에 앉은 것에 대한 약간의 죄의식을 느꼈다. 아내는 우는 일을 멈추지 않았고, 그는 알 수 없는 모욕감을 느꼈다. 하지만 이런 경우 침착할 필요가 있었고, 그는 아내를 달랬다. 여보, 울지 마. 그가 아내의 어깨에 손을 얹었다. 그러자 그는 아내를 진심으로 달래주고 싶다는 열망에 사로잡혔는데, 울음소리가 기차의 기적소리처럼 어딘가 서글픈 구석이 있었다. 그는 아내를 배려하고 싶었다. 그는 꼬부라진 혀를 입 밖으로 빳빳하게 세워본 뒤 말했다. 여보, 당신 말마따나 이제 바닷가재가 심해 이백 미터에서 사는지 이천 미터에서 사는지, 그런 하릴없는 대화는 절대 하지 않을게. 여보, 부탁이야. 제발 울지 마. 뼈들이 걸어가고 있었다. 아내의 목소리가 들썩거렸다. 제가 우는 건 그 때문이 아니에요. 당신 입에서 끊임없이 토해내는 건강에 대한 이야기 때문이에요. 뼈들이 걸어가고 있었다. 그는 깜짝 놀랐다. 뭐라고? 건강에 관한 이야기 때문이라고? 그래요. 당신 얘기를 들을 때면 입에서 쉬지도 않고 쓰레기가 물컥물컥 쏟아져 나오는 장면을 매번 목격해요. 이젠 그 엄청난 쓰레기를 도저히 견뎌낼 재간이 없네요. 그는 식탁을 둘러보았다. 여기저기 던져놓은 담배꽁초, 굴러다니는 술병, 벌긋벌긋하고 구겨진 냅킨, 끝이 문드러진 이쑤시개 따위에서 악취가 났다. 게다가 싹싹 파먹은 바닷가재 껍질까지, 그야말로 하얀 식탁은 난장판이었다.

여보, 너무 걱정하지 마. 무슨 좋은 수가 있을 거야. 그의 목소리가 부서졌다. 이놈의 파리! 이놈의 파리! 그린이 악당 하나에게 혼쭐을 당하기라도 하는 듯 여전히 수선을 피워댔다. 그러니까, 여보. 당신의 가장 큰 문제는 쓰레기란 말이지? 이제 알았어. 내가 무슨 좋은 방법이 있는지 꼭 궁리해서 당신의 문제를 해결해줄게. 그가 아내의 어깨를 토닥거렸다. 그때 인디고가 끼어들었다. 이봐, 그린! 그만 좀 해. 오늘이 십일월하고도 마지막 날인 거 몰라? 제발 파리 타령 좀 그만하라니까. 인디고가 아주 넌더리가 난다는 듯 고개를 저었다. 인디고의 아내인 옐로가 푸짐한 어깨를 으쓱거렸다. 그래요, 십일월 마지막 날엔 파리가 없어요. 하긴 꼭 십일월 마지막 날이 아니더라도 이곳엔 파리가 뛰어놀 수 없다는 걸 우린 모두 알고 있죠. 원래 바이올렛의 집엔 파리가 없어요. 안 그래요, 바이올렛? 하지만 바이올렛은 듣고 있지 않았다. 바이올렛의 자리엔 바이올렛이 없었다. 그새 바이올렛은 어디로 갔지? 아까는 자리에 분명히 있었는데. 저기요, 그린 씨. 이런 말씀드리면 어떨지 모르겠는데요, 혹시 눈에 이상이 생긴 것 아닐까요? 언제 시간 나면 안과에 가보셔야 될 것 같네요. 뜻밖에도 마젠타가 끼어들었다. 마젠타의 목소리가 맑게 개어 있었다. 그는 고개를 돌려 마젠타를 보았다. 마젠타의 얼굴이 말짱했다. 강시처럼 말짱했다. 말짱한 아내의 얼굴을 보자 그는 벌끈 서운했다. 마젠타가 울음을 그치면 마음이 좋아질 것 같았는데 마음속에서 불길 하나가 치솟더니 이글댔다. 그는 아내의 그 얼굴을 곱게 봐줄 수 없었는데, 자신도 이해할 수 없었다. 그가 빈정거리는 투로 말했다. 여보, 사람이 어떻게 그럴 수 있지? 어떻게 울다가 금세 말짱할 수 있느냐고. 아무리 생각해도 이해가 잘 안 되는군. 아니뭐, 내가 그걸 꼭 따지려는 건 아니야. 단지 좀 이상하다는 거야. 사실, 여보. 이제야 말인데, 솔직히 말해주었으면 좋겠어. 혹시 당신은 그린의 난센스퀴즈가 지겨웠던 게 아니었나? 그린의 난센스퀴즈는 이십 분을 웃돌고, 그것도 어느 현명한 사람이 적당한 틈을 봐서 말을 잘라먹고는 다른 화제로 돌릴 때서야 그린의 난센스퀴즈는 끝이 난다고. 물론 당신도 잘 알고 있겠지. 정말이지 건강에 대한 나의 정보가 당신에게 그렇게나 고통을 주었다는 사실이 난 좀 이해가 안 되는군. 당신도, 나도, 아니 모두에게 유익

한 화제가 어째서 당신에겐 고통스럽다는 거지? 아내가 잠시 침묵을 지켰고 눈가가 붉어지는가 싶더니 또다시 흐느끼기 시작했다. 아내가 다시 우는 목소리를 냈다. 이젠 이 모든 것이 정말 지긋지긋하네요. 더는 어떻게 살아야 할지 모르겠네요. 아내는 양손을 공작새처럼 활짝 펼치고는 얼굴을 덮었다. 마젠타의 손가락이 유달리 비쩍 마른 탓에 통째로 가리지 못한 얼굴엔 사이사이 지렁이 같은 살점이 도드라져 있었다. 그는 깜짝 놀랐는데, 공작새처럼 펼친 손가락 사이로 도드라져 있는 지렁이 같은 살점 때문이 아니었다. 지렁이 같은 살점이 무섭도록 새빨개서였다. 그것은 거무튀튀한 바닷가재가 열기를 받고 변신한 빨간 랍스터보다도 훨씬 빨갰다. 뼈들이 고물고물 걸어가고 있었다. 통로는 너무 어두웠다. 무슨 이유인지 지하 통로를 걷는 곳마다 천장 벽면이 죄다 뜯겨져 있었다. 천장에서 물이라도 새는 걸까? 녹슬고 헐벗은 전기선들이 자신의 빈약한 몸들을 보란 듯 몽땅 드러내놓고 있었다. 서로 얽히고 구부러진 전기선들이었다. 그 모습이 죽어서라도 죽지 않기 위해 서로를 옭아매고 의지하는 뼈다귀들 같았다. 구조물 곳곳에도 크고 작은 금이 가 있고 그 균열 부위를 시멘트로 땜질한 흔적이 뚜렷했다. 그가 또 하나의 땜질을 발견했을 때 마젠타의 울음소리가 들려왔다. 그 울음소리가 윙윙대는 바람 소리와 섞여서 귀신의 곡성처럼 들렸다. 그 울음소리가 정말 마젠타의 것이라면 어떻게 굽이돌아 여기까지 온 걸까. 그는 그런 생각을 하며 '나가는 곳'이라고 써져 있는 표지판을 올려다보았다. 하지만 그가 본 건 '나가는 곳'이 아니라 '들어가는 곳'이었고, 그것은 노란색 표지판이었다. 그는 아뜩했다. 아, 어떻게 된 일이지?

그때 딱따구리 같은 소리가 들려왔다. 아저씨! 그 손안에 든 게 뭐죠? 까치머리 소년 하나가 바로 앞에서 물구나무를 선 채 그를 올려다봤다. 그는 걸음을 멈췄다. 물구나무를 선 소년이 길을 가로막고 있어서 한 발짝도 나아갈 수 없었다. 캐릭터 바지가 껑충 올라가 정강이뼈를 얄팍하게 드러낸 소년이 방싯 웃었다. 그는 손안에 든 것을 내려다보았다. 그는 그제야 혹 덩어리를 흰 가운을 입은 주인한테 돌려주지 않았다는 사실을 알았고, 어찌하면 좋을지는 몰랐다. 양손을 바닥에 짚고 거꾸로 서 있는 소년의 두 눈은 반짝거리는 두 개의 푸른 별과 흡사했다. 그는 소년에게 혹 덩어리라고 말하기 뭣해 어, 이거 럭비공이야, 하고 더듬거리며 말했다. 그는 그 대답이 마음에 쏙 들었다. 히야, 럭비공이요? 안 그래도 심심했는데, 좀 갖고 놀면 안 되나요? 하긴 물구나무를 서면서 노는 걸 보니 소년에겐 놀잇감이 절실해 보였다. 그는 다섯 손가락으로 럭비공을 빙빙 돌리며 애정 어린 투로 말했다. 그러면 이곳은 놀이터가 아니니 잠시만 갖고 놀렴. 그는 럭비공을 발로 텅 찼다. 소년이 순식간에 물구나무를 풀고는 공이 굴러가는 방향으로 잽싸게 뛰었다. 마침내 소년이 공을 집어 들었다. 그러고는 말했다. 히야, 이런 럭비공은 첨 봤네. 알록달록한 럭비공이 아니라 누르께한 타원형 공이잖아! 소년은 두 손으로 공을 잡고서 양 무릎을 번갈아 맞부딪치는 세레머니를 했다. 그러자 뼈들이 모여들었다. 전투기처럼 빠르게 모여들었다. 그러고는 양 팀을 만들곤 수직으로 섰다. 졸사간에 일어난 일이었다. 지하의 통로가 놀이터로 변했다. 럭비공은 소년에게 있었다. 소년이 달리며 패스를 했다. 뼈 하나가 공을 얼른 잡았다. 다른 뼈들이 태클과 킥을 함부로 걸었다. 그들은 서로를 밀치기 바빴다. 누군가 공을 떨어뜨렸다. 그 타원형 공을 차지하려고 무리들이 전투를 했다. 그들은 치고 박고 싸우면서 공을 옮겼다. 아주 터프한 럭비선수들이었다. 하지만 아무 소리도 들리지 않았다. 그는 말 없는 그들의 럭비 게임을 보면서 느리게 걸었지만 어느새 그들은 먼 풍경이 되었다. 가까운 풍경이 먼 풍경으로 바뀌는 건 당연했다. 그는 문득 걸음을 멈추고 뒤를 돌아보았지만 오랫동안 바라볼 수는 없었다. 그는 길 위에 있었고 걸어야만 했다. 그리고 그는 아내를 달래주고 싶었다. 아내가 양손으로 얼굴을 감싼 채 새빨간 지렁이를 선보이며 여전히 서럽게 울고 있었다. 그는 불현듯 아내의 손가락이 감추고 있는 얼굴 부위가 궁금해졌다. 하지만 아내에게 당신의 두 손이 가리고 있는 그 얼굴 부위의 색깔마저 보고 싶어, 라고 부탁하기는 뭐했다. 대신 그는 말했다. 여보, 당신 얼굴이 아주 새빨개. 꼭 우리가 먹은 바닷가재처럼 빨갛다고. 그는 그 말이 아내의 울음을 그치게 하기엔 좋은 내용이 아니라는 걸 모르진 않았다. 하지만 참을 수 없었다. 정말이지 그는 그렇게 말하고 싶은 충동을 참을 수 없었다. 물론 아내가 자리에서 냉큼 일어나 난 당신이 끔찍해요, 하고는 저편으로 가버릴 수도 있다는 생각을 그는 분명히 했었다. 그는 만약 그런 일이 생긴다면 슬프지만 받아들여야지, 하고 생각했다. 그는 정말 슬펐다. 아내의 목소리가 어렴풋하게 들려왔다. 바닷가재요? 바닷가재처럼 빨갛다고요? 어머, 인디고 씨의 얼굴을 봐요. 그런 씨 얼굴도 그렇고요. 그러고 보니 다 빨갛잖아요. 그리고 당신 얼굴도 아주 빨개요. 어, 그래? 그는 아내가 그런 것처럼 양손을 얼굴에 가져가 덮고는 손가락을 벌렸다. 그러고는 입을 동그랗게 오므리곤 말했다. 여보, 어때? 내 얼굴이 바닷가재처럼 보이지 않아? 네, 그렇게 보여요. 여보, 나한테 좋은 생각이 떠올랐는데, 우리 바닷가재 놀이를 해보는 게 어때? 바닷가재 놀이요? 응, 바닷가재 놀이, 그건 아주 쉬운데, 먼저 검은 스타킹을 따라가면 돼, 검은 스타킹을 무조건 따라가면 되는 거야. 아무 의심 없이요? 그렇지, 그곳에 가면, 거기에 도착하면 굉장히 즐거운 일이 기다리고 있을 것 같거든. 혹시 럭비 게임 아니고요? 아니, 럭비 게임보다도 더 즐거운 일이야, 그건 아까 말했다시피 바닷가재 게임인데, 바닷가재는 어쩌다 일 년에 한 번 난류를 만나면 이놈들은 정신이 없어지면서 붕 떠오르게 되거든? 녀석들이 대단하게 흥분을 한 거지. 흥분요? 그래, 흥분. 그럼 우리 모두 흥분을 하는 거예요? 물론이지, 모두 바닷가재가 되는 거지.

블루는 이제 '나가는 곳'이라고 적혀 있는 표지판을 올려다보았다. 어두운 지하 통로를 빠져나가려면 길고 비탈진 에스컬레이터를 타야만 했다. 그는 에스컬레이터를 타기 전 다시 한 번 뒤를 돌아보았다. 그들의 럭비 게임이 궁금해서였다. 그새 점수가 났는지 그들이 제각기 바닥에 편하게들 누워서 쉬고 있었다. 짤막한 게임이었다. 그들의 얼굴이 기분 좋은 피곤함으로 나른한 미백색을 띠고 있었다. 어두운 통로 바닥에서 마음껏 몸을 펼친 그들이 반짝반짝 빛났다. 그것은 눈에 띄는 반짝거림이어서 마치 고요한 밤하늘에 지그재그로 떠 있는 별자리 같았다.

다시 거리였다. 바람이 세게 불고 있었다. 모든 걸 허물어뜨릴 만큼 센 바람이었다. 사람들의 등이 구부정했다. 그들은 물속을 걷는 듯했다. 그만큼 둔중한 발이었다. 그 몸들이 허우적대고 있었다. 몸 어디가 아픈 걸까? 그들이 정말 작살에 찔린 바다동물 같았다. 그는 멈춰 섰다. 그러고는 그 누군가의 이름을 세차게 불렀다. 마젠타! 마젠타! 별다른 이유는 없었다. 그는 사람들의 행렬을 바라보았다. 대부분 뭔가를 들고 있었다. 그는 두 손을 내려다보았다. 빈손이었다. 그는 무엇을 해야 할지 몰랐다. 사람들이 오갔다. 그는 고장 난 시계처럼 서 있었다.

작가의 말

여기 세 남자가 있다. 아니, 한 남자라고 해도 무방하겠다. 한 남자이면서 세 남자이고, 세 남자이면서 한 남자이기도 하다. 그리고 꼭 남자가 아니어도 별문제는 없다. 이 사람(들)은 마흔 살 언저리에 놓여 있고, 대도시에서 각기 다른 일들을 하며 살아가고 있다. 이들은 오랜 친구 사이지만 일 년에 고작 한 번 만날까 말까 할 정도로 바쁜 생활에 묶여 있다.

지금 이 시대를 살아가고 있는 사람들은 더 이상 자신의 슬픔이나 고독 따위에 대해서 말하지 않는다. 아니, 말하지 못한다. 이 소설 속 인물들 또한 치열한 경쟁사회에 내몰린, 그래서 낙오되지 않기 위해 부단히 애쓰면서 살아가고 있다.

대도시는 문명의 공간이면서 생명이 깃들기 어려운 사막의 이미지를 지니고 있다. 그래서 나는 생명의 빛깔인 그린, 블루, 인디고를 떠올렸다. 그리고 만남이 약속된 그 하루의 반나절만큼이라도 그들의 억눌린 욕망이 굴절된 방식으로나마 회복될 수 있는 기회를 주고 싶었다. 많은 사람들이 그렇듯이, 이 인물들 역시 근본적으로 자기 삶을 사랑하는 사람들이니까.

그들은 그 하루의 반나절 동안 자신의 존재감을 음미하고, 자신들도 모르는 사이에 가혹한 시간의 여정을 선택하며, 깊숙이 잠들어 있는 지독한 슬픔 또는 고독들과 조우하고 있다.

사람은 누구나 어떤 환경에서 어떻게 살았던 '마음의 원전'이란 게 있지 않을까, 하는 생각을 했다. 나에게도 있을 그 마음의 원전을 작품 속에 담아내고 싶었다.

2016년 가을
신희

해머링 맨

© 신희, 2016

초판 1쇄 인쇄일   2016년 9월 27일
초판 1쇄 발행일   2016년 10월 14일

지은이   신희
펴낸이   정은영
책임편집   김정은

펴낸곳   (주)자음과모음
출판등록   2001년 11월 28일 제2001-000259호
주소   04083 서울시 마포구 성지길 54
전화   편집부 (02)324-2347, 경영지원부 (02)325-6047
팩스   편집부 (02)324-2348, 경영지원부 (02)2648-1311
이메일   munhak@jamobook.com

ISBN 978-89-544-3663-2 (03810)

잘못된 책은 교환해드립니다.
저자와의 협의하에 인지는 붙이지 않습니다.

이 도서의 국립중앙도서관 출판시도서목록(CIP)은 서지정보유통지원시스템 홈페이지
(http://seoji.nl.go.kr)와 국가자료공동목록시스템(http://www.nl.go.kr/kolisnet)에서
이용하실 수 있습니다.(CIP제어번호: CIP2016022865)